KB021399

번개탄에 고기를 구워 먹었다

번개탄에 고기를 구워 먹었다

이수연 지음

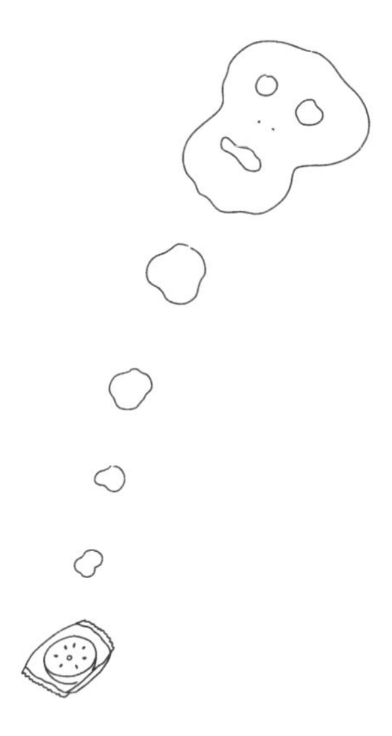

SOULHOUSE

나는 희망을 글로 새기고 마음에 새기고 사람에 새긴다.

아무것도 없는 사람

아무것도 없는 남자와 아무것도 없는 여자가 결혼했다. 그리고 아무것도 없는 자식을 둘 낳았다. 첫째는 아들이었고 둘째는 딸이었다. 아무것도 없는 아이들은 투덕투덕 서로 의지하며 자랐다. 그게 나와 우리 오빠다.

아무것도 없는 남자와 조금 있는 여자가 결혼했다. 그리고 다시 아무것도 없는 자식을 낳았다. 있는 집과 없는 집의 결혼인데 결과가 아무것도 없는 집이었단다. 왜인지는 모르겠지만 그랬다고 한다. 여하튼 아무것도 없는 자식 하나는 부산에서 자랐고, 스물여섯에는 음악을 하겠다며 서울로 상경했다. 그것이 우리 남편이다.

그렇게 아무것도 없는 스물하나의 여자와 아무것도 없는 서른둘의 남자가 만났다. 그 둘은 연애를 시작했다. 그리고 일 년 삼 개월 뒤 스물셋이 된 여자와 서른넷이 된 남자는 결혼했다. 그 결과 다시 아무것도 없는 가정이 하나 탄생했다.

아무것도 없는 남자와 아무것도 없는 여자는 아무것도 없어서 집도 없고 차도 없고 돈도 없었다. 돈을 벌었지만 아무것도 없어서 기껏 번 돈은 일상을 유지하기 위해 모두 소진되었다. 그나마 조금씩 돈을 모으기는 했는데 그것도 가졌다고 하기 뭐한 돈이었다. 그래도 쌓이긴 쌓였다. 누군가는 1억을 투자해서 하루 만에 벌 돈을 아무것도 없는 남녀는 몇 년을 모아야 했다.

아무것도 없다고 해도 남녀에겐 작은 오토바이 하나가 있었다. 남자가 결혼 전에 타고 다니던 오토바이였는데 88년식 빨간색 시티백이었다. 오토바이는 여자보다 나이가 많았다. 남녀는 그 오토바이를 함께 타고 다녔는데 여자는 그 오토바이를 타기 조금 미안했다. 그도 그럴 것이 자기보다 나이 많은 오토바이가 툴툴거리며 움직이는 게 괜히 부려먹는 심정이 들었기 때문이다.

그래서 돈을 모은 남녀는 차를 하나 샀다. 아무것도 없는 남자가 자동차 면허를 따고 몇 달 뒤였다. 계속 말하지만 아무것도 없는 사람이라 첫차는 백만 원짜리 아반떼. 아무것도 없는 남녀의 인생 첫차였다. 아무것도 없는 남자가 백만 원 준 중고차를 끌고 여자에게 첫 시승식을 하던 날, 02년식 아반떼는 주유등이 고장 나 있었고 도로 한복판에 기름이 없어서 멈춰야 했다. 아무것도 없는 남자는 무엇이 고장인지 몰라 당황했고, 견인차를 불렀다. 주유소를 백 미터 남긴 상태였다.

시간이 지나 아무것도 없는 남자는 그나마 덜 아무것도 없는 부모님의 도움을 받아 차를 바꿨다. 육백만 원짜리 09년식 토스카였다. 88년식 오토바이보다 스물두 살 더 많으니 아무것도 없는 남자와 처음 첫 만남을 하던 아무것도 없는 여자 나이와 같았다. 아무것도 없는 여자는 이제 차를 탈 때 덜 미안했다. 그래도 여자보다는 나이가 적은 차를 타기 때문이다.

아무것도 없는 남녀의 집 또한 아무것도 없었다. 아무것도 없는 남자는 정말 아무것도 없이 덜렁 아무것도 없는 여자의 집에 들어와서 살았다. 기본적인 가구를 제외하면 다른 가구를 둘 자리가 없었다. 그나마 있는 가구도 원룸에 기본으로 있던 가구였다. 아무것도 없는 남자는 얼마나 아무것도 없었던지, 사람 하나 들어왔다는 게 믿기지 않을 정도로 짐이 적었다. 아무것도 없이 그런대로 살았다. 아무것도 없어봐서 아무것도 없는 게 아무렇지도 않았다.

결혼 후 방이 딸린 집으로 이사하긴 했지만 남녀의 돈은 아니었다. 아무것도 없어서 조촐하게 한 결혼식 때 받은 축의금이었다. 이러라고 주는 축의금이 아니었을 것 같았지만, 뭐 어떤가. 아무것도 없다는 걸 모두가 알고 있으니 뭐라 하는 사람은 아무도 없었다.

이사를 하며 아무것도 없는 남녀는 침대도 생겼고 냉장고도 생겼고 식탁도 생겼고 화장대도 생겼다. 참고로 침대는 어머니가 사주셨고 냉장고도 부모님이 사주셨다. 식탁이랑 화장대 정도는 아무것도 없는 남녀가 살 수 있어 다행이라고 말했다.

도움을 받았지만, 그래도 이제 아무것도 없다고 하기엔 가구도 있고 차도 있었다. 그래서 아무것도 없는 남녀는 덜 아무것도 없는 남녀가 되었다. 그 뒤 고양이 두 마리를 입양했는데, 역시 아무것도 없는 고양이가 탄생하는 순간이었다.

아무것도 없는 남녀는 다시 이사를 했다. 그것 또한 남녀의 돈은 아니었다. 왜냐하면 신혼부부 전세자금 대출이었기 때문이다. 사실상 거의 다 남의 돈, 대출이었다. 그러나 이사한 집은 아무것도 없는 남녀의 생애 첫 전세였다. 아무것도 없는 남녀는 기뻐했다.

이제 아무것도 없는 남녀는 차도 있고, 전세에 살고 있고, 고양이 두 마리도 있고, 빚도 있다. 아무것도 없다고 했는데 있을 건 다 있는 사람이 되었다. 집 있고, 차 있고, 고양이가 있는데 이 정도면 세상 다 가진 거 아닌가? 남녀는 그렇게 생각했다.

툴툴

• *contents*

3장 · 건물주는 사양하겠습니다

4장 · 베짱이는 뚠뚠 오늘도 일을 하네

5장 • 딱히 위로를 하려던 것은 아닌데

1장

긍정은 하는데
그 긍정은 아니고

뭐라 부르시게요?

태어나보니 엄마와 아빠가 있었다. 추가로 오빠도 있었다. 오빠만 있었으랴. 할머니도 있고, 할아버지도 있고, 외할머니, 외할아버지, 삼촌, 이모, 큰아빠, 큰엄마…. 무슨 관계가 이리 많은지 여기저기 부르는 이름도 달랐다.

어린 시절 친가에 가면 나는 늘 그 관계를 이해하지 못하고 큰아빠를 아저씨라고 불렀다.

"큰아빠라고 해야지."

"아빠도 아니고, 크지도 않은데 왜 큰아빠예요?"

내가 그런 말을 하면 어른들이 웃었다. 조금 더 자라선 그 관계를 조금은 알았는지 큰아빠라고 불렀다. 아빠이고 커서 큰아빠는 아니구나. 아마 학교에 들어갈 즈음 그 단어를 이해했던 것 같다.

당시 나의 호칭은 대부분 이름이었다. 같은 반 친구들이나 학교 선생님, 친구의 엄마들도 나를 '이름'이라는 호칭으로 불렀다. 그때 즈음 엄마는 '수연 엄마'라고 불렸다. 이름은 엄마에게도 나에게도 익숙하지만 새로운 호칭이었다. 내게 이름이 조금 새로웠던 이유는 엄마가 늘 내 이름을 오빠와 반씩 섞어 '서연'이라고 불렀기 때문이다. 학교에 가서야 오빠의 존재를 모르는 친구들이 제대로 '수연'이라고 불러주었다.

그렇게 초등학교 육 년, 중학교 삼 년, 고등학교 삼 년… 말고 육 개월을 나녔다. 그때까지 나는 이수연이었다. 그 정도의 세월은 이름으로 불리는 것에 익숙해지기 충분했던 시간이었다. 이수연의 삶은 그저 그랬다. 특별할 것도 없고 기억하고 싶은 일도 없었다. 아마 기억하는 이도 별로 없었을 것이다.

그러나 사회에 나오자 또 다른 이름이 생겼다. 세상 살기가 하나의 이름으론 부족했나 보다. 알바! 직원! 기사님! 참 다양한 호칭으로 나를 불렀다. 나 역시 사람들을 직급으로 불러야 했다. 이렇게 다양하게 부를 거면 학교 다닐 때 직급 순서 같은 것을 외우게 했어야 했던 거 아닌가. 실장님이랑 대표님은 다르고, 부장이랑 차장도, 이사님과 사장님은 또 다르다니 이해가 안 됐다. 거기까지 올라가 봤으면 그 순서를 외웠을지도 모르지만, 나는 그런 높은 호칭으로 불리기 전에 퇴사했다. 지금 생각해보면 계속 다녔어도 내 호칭은 별로 달라질 것 같진 않았기에 잘한 일이었다.

회사를 그만두고 나선 잠깐 유학 준비를 했다. 지금 이 글을 한국에서 읽는 당신은 내 유학 계획이 망했다는 것을 알 수 있겠지만, 그런 미래를 모르고 열심히 공부할 땐 'Su!'라고 불렸다. 영어 이름을 지으라고 해서 귀찮은 마음에 가운데 글자를 영어 이름으로 했다. 나름 그럴듯한 방법이었다. 제시카나 티파니, 이런 건 조금 낯부끄러웠으니까.

티파니나 제시카가 되지 못한 'Su'는 짧은 유학 준비를 마치고 다시 다른 호칭이 생겼다. 바로 '환자분'. 팔자에 없는 공부를 하다 갑자기 병이 심해졌다. 짠. 이수연의 삶이 다이내믹해지는 순간이었다. 정신병원에 입원했다.

팔자에 없는 공부를 하다 갑자기 병이 심해졌다. 당시 내겐 아주 다양한 병명이 있었는데, 그중 대표를 찾으라면 우울증이었다. 대표는 거의 폭군 수준이어서 덕분에 별의별 행

수연
딸
환자
작가님
학생
알바

동을 했다. 밥도 안 먹고(못 먹는 거였지만), 집 밖에 안 나가고(솔직히 못 나가고), 잠도 안 자고(이것도 못 한 거에 가깝네), 안 좋은 행동은 다 했다. 그렇게 정신병원에 입원해야 했고 대여섯 번 정도 들락날락하며 유학을 포기했다.

그때 나의 호칭은 '환자'였다. '수연 님', '이수연 씨' 하고 이름을 부르기도 했는데 결국은 환자였다(거 듣기만 해도 아픈 호칭이네). 자꾸 '환자, 환자' 하니까 진짜 환자가 된 것 같았다. 물론, 진짜 환자였으니 딱히 항의하진 않았다. 그런 걸 보면 정신병원에 있었지만, 나름 현실을 잘 인지했던 것 같다. '이수연 환자분'은 여러 사고를 쳤지만, 그래도 아주 천천히 나아지긴 했다. 다시 사회생활을 할 수 있을 정도까지 삼 년이 걸렸다.

여기까지가 나의 과거고 현재까지 닿자 새로운 호칭이 기다리고 있었다. 솔직히 여전히 치료를 받고 있으니 환자이긴 한데, 그래도 이제 환자보다 더 많이 부르는 호칭이 생겼다. 바로 '작가님'. 정신병원 입원 4회 차 즈음 얻은 호칭이었다.

정신병원에서 매일 쓴 일기로 책 계약을 하면서 처음엔 출판사에서 작가님이라고 부르기 시작하고 책이 나오면서 주변에서도 나를 작가님으로 부르기 시작했다. 주변에 소개될 때도 작가님이 되어버렸다. "나 환자입니다!"라고 크게 외쳤는데 돌아오는 대답이 "작가님!"이 되어버린 셈이다.

작가님이 되니 내 이름을 모르는 사람도 쉽게 나를 작가님이라고 했다. "아니, 거 내 이름은 아시는 거요?" 묻고 싶었는데, 모른다고 할까 봐 못 물어봤다. '의미만 통하면 됐지.' 그렇게 작가님으로 불리는 날이 많아졌다. 여전히 대충 작가님으로 퉁치고 살아가고 있다. 사실 인세가 나올 때만 작가같이 느껴지는데… 쉿.

그런데 이제 막상 괜찮은 호칭이 생겼음에도 나는 나를 존경하듯 불러도 비하하듯 불러도, 작가라고 하든 백수라고 하든 상관없다. 환자라고 해도 고개를 끄덕인다. 어떤 형태로 불리든 그건 내게 중요하지 않다. 때로는 호칭이 나의 본체라고 생각했지만, 이렇게 쭉 나열하고 나니 결국 내가 흘려보낼 이름들이다. 나의 본체는 그대로 내가 알고 있는 나의 모습이겠지. 아무리 나를 다양하게 불러도 나에게는 내가 나일 뿐이니까.

물론 마징가 Z에서 나올법한 로켓펀치처럼 손이 분리돼서 날아가면 나에 관해 조금은 다르게 생각해볼지도 모르지만(외계인이거나 로봇이거나 새로운 종의 기원이라거나), 설령 분리된다 해도 날아간 손은 내가 아니라 내 손일 뿐이지 않나.

뜨뜻미지근

친구가 초대해서 소셜 모임에 참석한 적이 있다. 다들 열정을 가지고 매일, 그리고 매주 다른 목표를 정해 정기적으로 열리는 모임에서 얼마나 성취했는가에 관한 대화를 나눴다. 나는 그곳에 놀러 간 사람. 손님이나 깍두기 정도로 구경을 하는 입장이었다. 그런데 다들 정말이지 열심이어서 솔직히 조금 놀랐다.

"목표를 정하면 그래도 그 목표와 가까워지기 위해 노력하게 되잖아요! 그러다 보면 제가 더 나은 사람이 되어 있겠죠. 그러니까 일부러 더 높은 목표를 잡게 되는 것 같아요."

그 말에 솔직히 태클을 걸고 싶었다. "저는 지금 제 모습도 좋은데요. 꼭 발전하는 사람이 되어야만 하는 건가요?" 하고 묻고 싶었는데, 너무 깐깐해 보일까 봐 포기했다. 그리고 저렇게 열정이 가득 타오르는 사람들에게 찬물을 끼얹는 것 같아서 또 참았다. '그래, 나의 이 마음을 굳이 얘기할 필요는 없지. 그냥 조용히 넘어가자. 그래도 정말이지 나와 참 다른 사람들이구나.' 그렇게 생각하며 침묵을 이어갔다.

나의 속마음을 억누르는 동안 모임은 계속 진행됐다. 좌불안석이었다. 곧 있으면 내게도 목표를 물을 것이 분명했다. '묻지 말아라, 그냥 지나가라.' 속으로 계속 빌고 있는데 결국 순서가 왔다. 가장 열정을 가진듯한 진행자가 내게 물었다.

"수연 님의 목표는 무엇인가요?"

"없는데요?"

물어보신 분이 조금 당황했다. 그만 속마음을 얘기해 버렸다. 그렇다고 거짓말을 하기도 좀 그렇고, 내가 이곳에 괜히 놀러 왔나 후회했다. 저들도 힘들고, 나도 힘들고. 그래도 열정 넘치는 사람들은 나를 포기하지 않았다.

"그래도 목표를 정해 보세요! 지금이라도요."

목표, 목표. 한때는 목표로만 살아왔는데, 나이가 하나둘 먹으며 그것도 지쳐서 목표 없이 지낸 지도 한참이었다. '그래, 나도 한때는 목표가 있었지. 허허.' 하는 동안에도 그들은 나의 목표를 듣기 위해 정적을 이어갔다. 그 순간이 마치 꿈 없는 아이에게 자꾸만 "꿈이 뭐니?"라고 묻는 것 같아 나는 나중에 자식에게 꿈을 묻지 않겠노라고 다짐까지 했다. 그리고 어렵게 목표는 아니지만 그나마 바라는 것을 얘기했다.

"글쎄요. 올해 안에 새 책을 계약했으면 좋겠네요."
"그걸 이루기 위해 구체적인 계획이 있나요?"
"글을 쓰죠."
"지금 하는 것 외에 목표를 위해 더 뭘 하실 건가요?"

'그만!!!'이라고 외치고 싶었다. 지금 하고 있는 걸 열심히 하면 되지 뭘 자꾸 더 하라는 건지. 나는 정말 생각나는 것이 없어 바보처럼 헤헤 웃다가 다음 사람에게 질문을 넘겨버렸다. 그 뒤로 그 모임에는 절대 놀러 가지 않았다. 활기찼던 그들의 마음이 불편한 나는 열정도, 목표도 없는 뜨뜻미지근한 사람이라는 것을 인정한 것이다. 열정 넘치는 이들에겐 이런 내 모습이 별로였을지도 모르지만, 나는 기분 나쁘지 않았다. 그게 기분 나빴다면, 조금이라도 차거나 뜨거워졌을 텐데 아직도 뜨뜻미지근한 걸 보면 마음에 들어 하는 것 같다.

지금 나는 포부도 뜨뜻미지근하다. '내가 아니어도 누군가 그 일을 해내겠지. 꼭 내가 대단한 사람일 필요는 없잖아.'라고 자신에게 말한다. 목표도 뜨뜻미지근해서 반드시 이뤄야 할 것이 없으니 반드시 해야 할 일도 별로 없다. 결과가 뜨뜻미지근해도 실망하는 일도 적다. 살아가는 것도 뜨뜻미지근해서 발전하는 것만이 답이라고 생각하지 않는다. '발전하지 못해도 어때. 열심히 살았는데.' 뜨뜻미지근한 합리화도 잘한다. 아마 내 체온도 뜨뜻미지근해서 뜨뜻미지근한 물로 샤워하고 뜨뜻미지근한 침대에 눕는 일을 좋아하는지도 모르겠다.

식을 것도 딱히 없고, 뜨거워질 일도 딱히 없는 뜨뜻미지근. 그러나 그게 나와 가장 가까운 편안한 온도이지 않을까. 내게 뜨뜻미지근은 천천히 걷는 일이고 때로는 앉아서 쉬는 일이다. 그래서 마지막 말도 뜨뜻미지근하게 해야겠다. 뭘 그리 빨리 가려고 합니까. 걷다 보면 다 닿을 곳을.

상처를 대하는 자세

처음 보는 사람들과 만나는 자리였다. 친한 친구를 곁에 두고 친구가 초청한 사람들이 모여 파티룸에서 함께 대화하는데 한 분이 술자리를 즐겁게 할 질문 카드를 들고 왔다. '이거 새로운데?' 질문 카드를 하나씩 뽑은 뒤 각자 그 질문에 돌아가며 대화했다. 그런데 이런 질문이 나와버렸다.

"학창 시절 가출했던 경험이 있나요?"

그 질문 카드를 뽑은 분이 대답을 한 뒤(초등학교 때 울면서 가출을 했으나 두 시간 만에 돌아왔다는 무난한 스토리였다) 그다음 질문에 답할 사람을 골랐다. 그런데 나를 가리켰다. 가출했던 기억이라. 물론 십 대 때 집을 나왔으니 가출이긴 한데, 좋게 말하면 독립이니 이걸 얘기해야 하나 고민하다 농담처럼 말했다.

"저 말고 엄마가 가출한 적 있어요."

순간 정적. '이런, 너무 무거운 얘기였나.' 이런 얘길 이렇게 처음 보는 자리에서 꺼내다니. 나는 늘 그렇듯 무거운 주제를 정말이지 아무렇지 않게 던지고서 주변을 쓱 봤다. 사람들은 어떻게 반응해야 하나 난감해하고 있었다.

"다 그러면서 크는 거죠. 하하!"

내가 웃으면서 넘기자 그제야 다들 헉 들이마신 숨을 조금은 편안하게 내쉬었다. '그래, 농담이지 뭐.' 이런 느낌이었는데 사실 농담은 아니었다. 언제인지 기억은 안 나는데 부모님이 이혼하시기 전, 엄마가 집을 잠깐 나갔었다. 그때 아빠가 작은 상을 펴고 계란찜을 해주셨는데, 그게 내가 기억하는 처음이자 마지막 아빠의 요리였다. 그 뒤에 엄마는 돌아오셨지만, 아빠가 집을 나갔다. 이혼하셨으니까, 뭐 당연히 한 분은 나가서야 했겠지.

다음 질문이 돌아가는 동안 나는 여전히 헤헤 웃었다. 사람들도 내 웃음으로 인해 내가 한 말을 그다지 신경 쓰지 않는 듯했다. 문득 내가 언제 이렇게 내 얘길 불쑥 꺼낼 수 있는 사람이 되었나 싶었다. 예전에는 참 잘 숨기는 사람이었는데, 이젠 넉살 좋게 웃으면서 이런 얘기를 하는 사람으로 변하다니. 그것도 대충 작가가 되면서부터인가. 숨길 것도 없고, 숨겨지지도 않으니까. 조금 더 시간이 지난 이후에는 이런 얘기를 책으로 만천하에 알리기까지. "저는 아픈 애입니다! 그리고 정신병원에 입원했지요!"

모든 것이 알려진 순간 이후, 나는 편안함을 느낀다. '뭐야, 말해도 별일 안 일어나네! 이럴 거면 괜히 숨기지 말고 좀 편하게 얘기할걸.' 괜스레 마음 졸이며 숨긴 것이 조금 아깝게 느껴진다. 주변 사람들도 솔직함 뒤에 편안한 웃음을 지으면 그다지 심각하게 받아들이지 않는다. 물론 여기엔 고급 스킬이 필요하긴 하다. 정말 아무렇지 않은 웃음을 지어 보이는 스킬이. 그렇게 나는 드디어 상처를 농담으로 말할 수 있는 경지에 올랐다. 내가 농담처럼 심각한 얘기를 할 때의 당혹스러움을 조금 즐길 정도로.

농담으로 내 상처를 말할 수 있을 때, 나는 상처가 더는 상처가 아님을 느낀다. 여전히 나는 농담 같지 않은 농담으로 사람들을 당혹스럽게 만들지만, 반대로 누군가가 나를 당혹스럽게 만들 정도로 솔직했으면 싶기도 하다. 그럼 우리는 서로 불행 배틀을 하면서도 웃으며 대화할 수 있겠지. "내가 더 힘들었어!", "아냐, 내가 더 힘들었지~!" 내 주변에 이런 얘기를 할 수 있는 사람이 많아졌으면.

긍정은 하는데 그 긍정은 아니고

나는 이상한 긍정을 잘한다. 뭔가 미묘하게 부정적이기도 하면서 또 미묘하게 긍정적이다. '부정적 긍정'이라고 볼 수 있는데, 정신과 상담을 할 때 주치의는 이런 나 때문에 골머리를 썩였다. 쉽게 나아지지 않는 내게 인지행동치료를 시도하기도 했는데 물음이 이러했다.

"이수연 씨가 생각하는 최악의 상황은 무엇인가요?"

"글쎄요, 죽는 거겠죠. 그런데, 해봐야 죽기보다 더하겠어요. 그것도 나름 괜찮네요."

주치의는 당황해했다. 보통 최악이라고 하면 '사고나 병, 이별' 뭐 이런 얘길 하는데 나는 바로 '죽음'을 말하고 그 뒤에 '그보다 더하겠냐'며 스스로 긍정까지 더하니 할 말이 없어진 것이다. 이렇게 인지행동치료는 바로 실패. 주치의는 난감해하며 말했다.

"이걸 부정적이라고 봐야 할지, 긍정적이라고 봐야 할지 모르겠네요. 죽음은 부정적인 단어인데, 또 그걸 긍정적으로 보고 계시니까요."

이런 나는 주변에 긍정과 부정의 이상한 조합으로 받아들여졌다. '너는 정말 알 수 없어.'라는 말도, '참 이상하게 부정을 긍정한다.'는 얘기도 종종 들었다. '근데 긍정적이든 부정적이든 또 무슨 상관이려나. 어차피 나는 딱히 변하지 않는데.' 생각해보면 이것도 부정적인 긍정 중 하나같다.

그러다 우연히 동영상으로 한 대학교수의 강연을 보았다. 평소 심리학에 관심이 많아 자주 찾아보았더니 그것에 맞게 알고리즘이 작동했다. 역시 심리학에 관한 이야기였는데, 그가 말하는 긍정은 이러했다.

"미래를 무작정 낙관적으로 보는 것은 긍정이 아니라 망상입니다. 긍정이란 다 잘 되리라 생각하는 것이 아니라 현실을 있는 그대로 인정하는 것이 긍정입니다."

그 말에 나는 깨달았다. '나는 긍정적인 사람이다! 나는 미래를 낙관하지 않으면서 현실을 잘 받아들이는 사람이다! 죽는 것도 현실이고 살기 힘든 것도 현실이다. 고로 나는 긍정적인 사람이구나.' 엄청난 합리화의 과정으로 보이겠지만, 실제로 이렇게 생각했다. 하지만 대다수의 사람은 여전히 긍정을 미래에 관한 낙관으로 본다. 우울증으로 힘들어하는 내게 사람들은 늘 긍정(이라고 생각하는 미래에 관한 낙관)을 얘기했다. '극복하고 나아지지 않겠냐, 앞으로 더 좋은 미래가 기다리지 않겠냐.' 하는 말들. 그런 말을 들을 때면 나는 혼자 마음속으로 외쳤다.

'저는 지금 제 모습이 극복해야 할 거로 보이지 않는데요.'

'힘들어도, 힘들어서 알게 되는 것들이 있어요. 저는 그것도 가치 있다고 생각해요.'

'죽는 게 어때서요. 누군가가 살고 싶어하면 누군가는 죽고 싶어하지 않겠어요?'

그렇게 하나하나 반박하는 것도 한두 번. 그래도 사람들은 지지 않고 내게 희망(이라 말하고 내가 느끼기엔 낙관)을 얘기했다. 내가 살아온 길을 보면 딱히 희망은 없는 것 같은데, 그래서 더 내게 희망을 주고 싶었는지도 모르겠다. 하지만 나는 희망(이라 말하고 내가 느끼기엔 낙관)이 마음에 들지 않았다. '미래를 기대하다 실망하면 얼마나 마음 아픈데, 기대를 안 하면 아플 일도 없고 실망할 일도 없지 않나?' 하는, 나름 효율적으로 내 마음을 지키는 방법이었다.

그렇다고 내가 만나는 모두를 나와 같은 마음으로 설득시키기는 어렵다. 보통은 다 듣기도 전에 '긍정'이란 이름으로 내 얘기를 차단한다. 그들이 말하는 긍정으로 바라보면 나는 부정적이니까. 그래서 나는 그냥 말을 줄이기로 했다. 누군가 긍정을 얘기하면 그냥 이렇게 대꾸하기로 했다.

"저도 긍정적이에요. 긍정은 하는데, 그 긍정은 아니고 그냥 다른 긍정이요."

잘 알아듣는지는 모르겠으나, 스스로 나름의 긍정이라고 말하는데, 더 무슨 얘기를 하랴.

뻔뻔하게 모르기

나는 모르는 것이 많다. 최종 학력은 고졸 검정고시. 대학에 갈 생각도 없었으니 적당히 본 검정고시는 대충 3등급 정도였다. 어릴 때는 공부를 잘해서 어른들의 기대를 받곤 했는데, 누구도 내가 이렇게 가방끈이 짧은 삶을 살 줄은 짐작하지 못 했을 것이다.

기본적인 상식도 약한 편이고, 사회나 뉴스에도 전혀 관심이 없다. 정치가 어떻고, 요즘 정세가 어떻고, 주식 시장이 어떻고, 부동산 시세나 법이 어떻고…. 정말이지 아는 것이 하나도 없다. 애초에 관심이 없는 것이 문제겠지만, 누군가 열띤 토론을 하는 모습을 보면 쉽게 이해되지 않는다. '어떻

게 저렇게 의견이 분명하면서도 잘 알고 있는 걸까?'

그런 나에게 사람들은 아마 예의상 무식하다고 말하지는 않는 것 같지만, 자주 놀려먹는다. 나는 매번 모르는 것은 반드시 묻고, 상대는 매번 속기 쉬운 거짓말을 한다. 그러면 나는 또 잘 수용하는 성격이라 "아, 그래?" 하고 다 믿어버린다. 수용을 잘한다지만 나는 그저 속이기 좋은 사람이다. 자꾸 속아주니 자꾸 속인다. 아니, 실은 진짜로 속은 게 맞긴 하다.

특히 세 살 터울의 오빠는 나를 속이는 재미로 살았다. 한 번은 중학생 때, 오빠 방에 있는 컴퓨터 본체에 열이 많아 본체 뚜껑을 열어놓고 있었는데, 부품 중 하나가(지금은 그래픽 카드인 걸 알지만 그때는 몰랐다) 빨간색으로 변한 것을 보고 오빠에게 물었다.

"오빠, 이건 왜 빨개?"
"이거 컴퓨터가 열 받아서 그래. 열 받으면 빨개져."
"아~ 그래?"

그리고 뒤돌아서 다시 내 방으로 돌아가는 순간 오빠가

큰소리로 내게 외쳤다.

"그걸 믿냐?"

애초에 컴퓨터 부품에 대해 전혀 모르는 내게 그렇게 뻔뻔스럽게 거짓말한 사람이 이상한 거 아닌가? 어떻게 그리 얼굴색 하나 변하지 않고 반사적으로 나를 속일 수 있는 걸까? 의심 하나 없던 나는 오빠가 그렇게 외치고 나서야 용광로가 아닌 이상 열 받는다고 빨개지는 부품은 없다는 것을 알았다. 하지만 그 뒤에도 오빠에게 수없이 속고 속았다.

나를 속이는 것은 오빠뿐만이 아니었다. 결혼을 하면서 나를 속이는 일이 오빠에게서 남편으로 넘어왔다. 남편 또한 엄청 진지하게 거짓말을 하는 능력자라 어김없이 속을 수밖에 없었다.

"백합 조개 알지? 그것보다 더 맛있는 게 뭔지 알아? 그건 장미 조개인데 크기가 손바닥만 한 게 진짜 맛있어. 안 먹어봤지?"

"아~ 그래?"

"거짓말이야. 장미 조개는 없어."

이런 사소한 것에 늘 거짓말. 결국엔 의심 없던 나도 진지한 남편의 얼굴을 보면 오히려 거짓말이라고 의심했지만, 뭐 나를 속이는 일이 그렇게 즐겁다면 속아주기로 했다. 한 번은 지나가던 길에 하얀 꽃이 핀 나무의 이름이 조팝나무라고 해서 의심했더니 이건 또 진짜였다. 이러니 내가 속을 수밖에.

그래도 나는 무시당할까 봐 아는 체하기보단 꿋꿋이 그냥 대놓고 모르고, 대놓고 물어본다. 어떻게 보면 당연히 알법한 일 역시 예외는 아니다. 내가 아는 것과 다를 수 있으니까. 그러다 보니 "왜?"를 수십 번씩 말하기 일쑤. 이 "왜?"는 의도와 달리 가끔은 주변 사람을 짜증 나게 만들기도 한다. 마치 다섯 살 아이처럼 계속 묻기만 하니 한두 번은 대답을 해주던 주변 사람도 슬슬 의심하는 듯하다.

'얘, 사실 다 알고 물어보는 거 아니야?'

내가 고의로 상대를 짜증 나게 하려고 이런 방법을 쓴다는 오해 같은 것인데, 나는 그런 상대의 표정을 빠르게 눈치채곤 진심을 담아 말한다.

"나 진짜 몰라서 물어보는 건데?"
"이런 것도 몰라?"

그럼 나는 한층 더 뻔뻔하게 대답한다.

"모르면 알려주면 되지."

살다 보면 관심사가 다르고 사는 것도 다르니 모르는 것이 서로 다를 수도 있는데, 모르면 좀 알려주면 되는 거 아닌가? 내가 모든 것을 다 아는 척척박사도 아니고 가방끈도 짧은데 모르는 게 좀 많을 수도 있지 않나? 그래도 내가 조금 더 아는 일이 있지 않을까? 언젠가 나도 누군가의 물음에 답해주는 사람이 되지 않을까? 중요한 것은 모르니까 물어보고 알려고 하는 내 모습이 아닌가. 그래서 나는 늘 뻔뻔하게 모른다. 모르니까 배우려 하고, 모르니까 물어본다.

그런데 대답에 의심은 조금 해야 할 것 같긴 하다. "왜?"라고 묻고 그 답을 고스란히 믿어버리니. 다음부턴 "왜?" 다음에 나를 속이든, 알려주든 하나 더 물어야겠다.

"진짜?"

주변에서 짜증 내는 소리가 벌써 들려오는 것 같지만, 답을 알고 있는 사람이 조금은 이해해주길.

사실, 저 낯가립니다만?

어느 날, 우연히 모임에서 만난 사람이 나를 알아보았다.

"이수연 작가님?"
"그런데요?"
"저 작가님 책 읽었어요!"

순간 흠칫. 내가 뭐 잘못 말한 것은 없나 잠깐 되돌아보고 평정을 찾은 뒤 웃으며 감사하다고 했다. 팬이라는 분은 친근하게 말을 걸어오며 계속 대화하고 싶어 했다. 책 속에 내 이야기가 가득했으니, 독자가 느끼는 작가가 친근할 수

밖에. 그러나 친근함이 깊어질수록 가슴이 두근대기 시작했다.

'어떻게 나를 알지? 나 그렇게 안 유명한데. 아니, 그보다 사실 나 낯가리는데.'

요즘은 넉살 좋다는 말을 종종 듣는데, 사실 나의 낯가림의 역사는 길다. 초등학교 때는 그래도 부반장도 하면서 나름 친구가 많았지만, 나의 전성기는 거기까지였다. 초등학교를 졸업하고 새로 입학한 중학교에선 내가 졸업한 학교를 나온 친구가 한둘밖에 없었다. 나머지는 대부분 다른 초등학교 친구들. 낯선 환경에 낯선 사람이 주어지자 나의 숨겨진 낯가림이 빛을 보았다. 나를 삼 년 내내 친구 하나 없는 사람으로 만들었기 때문이다.

친구가 많다가 없어진 것이 조금 신경 쓰였지만, 그때부터 혼밥의 맛을 알게 되었다. 급식도 혼자 먹는 것이 편했고 어딜 갈 때도 내 시간에 맞춰 혼자 가는 것이 편했다. 쉬는 시간엔 매점에서 빵 사 먹는 것보다 혼자 책상에 엎드려 자는 것이 좋았다. 쪽지시험도 다 보면 누구 기다릴 것 없이 자리에서 일어났다. '이거 나름 괜찮은데?' 중학교에서 일 년이

지날 무렵 그렇게 생각했다.

불편한 것이 있다면 혼자라는 것에 눈치 주는 사람이었다. 중학교 담임 선생님은 나를 따로 불러 다른 사람과도 어울려야 한다고 했다. 학생을 생각한 교사의 진심 어린 말이었겠지만, 그 말에 나는 혼자가 눈치 보였다. 같은 반 애들도, 선생님도 나를 이상하게 보고 있다고 생각했고, 어느 정도는 그게 맞을 때도 있었다. 그렇게 학교에서 안 좋은 기억을 쌓은 나는 쿨하게 고등학교를 자퇴했다. 절이 싫으면 중이 떠난다. 학교가 싫으면 내가 떠난다!

그렇게 열일곱에 시작한 사회생활은 오히려 편했다. 다들 돈 벌려고 출근했지, 친구 사귀려고 출근하는 것은 아니기 때문이다. 애초에 십 대인 나와 같은 또래는 아예 없었을뿐더러, 억지로 누군가 사귀지 않아도 괜찮았다. 게다가 함께 일하는 직원도 많지 않아 자연스럽게 친해지는 일도 있었다. 친구라고 하긴 뭐하지만, 나름 인간관계가 생긴 것이다.

스무 살이 넘자 다양한 아르바이트와 회사 생활로 나는 낯가리지 않게 보이면서 낯가리는 이상한 방법을 배웠다. 일이 있을 때는 전화도 잘하고, 연락도 잘하고, 먼저 인사도 잘하고, 안부도 묻지만 어쩐지 절대 친해지는 법이 없었다. 일을 무사히 마치면 술 한 잔도 하고, 개인적인 얘기도 나눴는데 돌아서면 끝. 이게 어른의 관계라는 건가, 사회란 이런 건가 싶었다. 다 그런 줄 알아서 사실, 내가 낯가려서 그런 거라는 것도 몰랐다.

나의 이상함을 눈치챈 것은 남편을 만난 뒤부터였다. 공연장을 운영했던 서른둘 남편과 사운드 엔지니어 일을 하던 스물하나의 나는 만나서 함께 재밌는 일을 하자고 마음먹었다. 그렇게 새로운 공연 기획을 했는데, 좋아하는 아티스트를 섭외해 공연을 만들고 실황 녹음을 해서 음반을 내는 일이었다.

직접 공연 기획을 하며 섭외한 사람들은 당연히 내가 좋아하는 아티스트이니 친해지고 싶은 마음도 들었다. 서로 음악 얘기도 하고, 안부도 묻고, 가끔 만나기도 하고…. 그런데 어쩐 일인지 모두 내게 존칭을 놓지 않았다. 남편에겐 '형, 오빠, 동생' 하며 말을 놓는데 나는 늘 '수연 씨'라고 불렸다. '아니, 나도 친해지고 싶은데, 내가 한참 나이도 어린데, 왜 다들 나를 어려워하는 거지?' 그리고 남편의 말로 나의 진실을 알았다.

"수연이는 좀 낯을 가리는 것 같아."

남편이 말한 나는 이러했다. 일단 말을 절대 놓지 않는다. 처음 누군가를 만나면 내 얘기는 잘 하지 않는다. 어쩌다 번호를 교환해도 먼저 연락하면 상대가 싫어하지 않을까 걱정부터 하고 상대가 나를 귀찮아하지 않을까 다시 걱정한다. 지인에게 먼저 만나자고 말 한마디 못하고 먼저 연락하는 것도 문자 내용까지 다 써놓고 전송 버튼을 못 눌러 남편에게 부탁하고선, 보내 놓고 또 마음 졸인다. '내가 연락해서 불편한 건 아닐까, 싫다고 하면 어쩌나.' 그리고 답이 오면 바로 볼 용기가 나지 않는다. 먼저 말을 걸어놓고 대답을 안 하는 격이다. 그야말로 낯가림의 결정체. 모태 낯가림으로 이상하다는 것조차 느끼지 못하는.

'아, 나는 낯을 가리는구나. 사람들이 나를 불편해하는 것이 내가 먼저 그 사람들을 불편해 해서였구나. 어쩐지 다가가기 힘들고, 어쩐지 먼저 연락하기엔 부담스러운 사람이 나였구나. 그래서 다들 나에게 정중하게 대했구나. 먼저 연락할까 싶어서 문자를 다 치고도 전송 버튼을 끝내 누르지 못하는 것은 낯을 가려서였구나.'

그런데도 먼저 다가와 주는 사람들이 있었다. 먼저 연락하고, 만나자고 말하고, 생각났다고 연락하는 사람들. 나는 늘 그렇게 먼저 다가온 사람들이 대단하게 느껴졌다. '이런 큰 벽을 넘어서 나와 친해지려 했구나. 정말 배울 점이 많고 대단한 사람이구나.' 그래서 나는 새로운 사람과 친해지기보다 주변 사람을 더 챙기기로 했다. 나와 맞지 않는 일에는 마음을 조금 내려놓고 내가 마음 편한 쪽을 선택한 것이다.

그 결과, 지금 내 주변엔 생각보다 많은 사람이 함께하고 있다. 마음을 터놓을 친구도 있고, 안부를 물을 사람도 있다. 자랑이라고 하기 뭐하지만, 다 커서 한 해에 생일 파티를 세 번 한 적도 있다. 이쯤 되면 낯 좀 가려도 사람과 이어가는 것은 잘하는 게 아닐까? 충분히 인간관계가 괜찮지 않나? 이제 내가 낯가린다는 사실을 잘 믿지 않는 사람까지 생길 정도니까.

이왕 이렇게 낯가린다고 터놓았으니 주변 사람이 보면 먼저 연락해주면 좋겠다.

아, 이제 마음 편하다.

베스트 자세를 찾아라

내 집에서 함께 사는 유일한 인간인 남편은 가끔 침대에 누워 꼼짝도 하지 않는다. 밀린 집안일을 할 때 남편을 부르면 자신이 하겠다며 나오지만, 어떤 날은 방에서 대답만 간신히 한다. 무얼 하길래 싶어 방으로 가보면 남편은 요상한 자세로 누워있다. 정면으로 누운 것도 아니고, 측면으로 누운 것도 아니고, 몸 어딘가가 구부러져 있고 머리는 높고 다리는 낮은 그런 모습. 그 모습을 보면 나는 늘 남편에게 묻는다.

"아, 지금이 베스트 자세야?"

"진짜 베스트야."

그 요상한 자세가 남편에겐 누워있는데 제격인 베스트 자세다. 그래서 그 자세를 찾아 누워있을 때는 건드리지 않는다. 다시 누우면 그 자세와 그 편안함이 나오지 않는다는 것을 알기 때문이다. 때로는 침대를 다 써가며 누워서 내가 눕지 못해도 베스트 자세라면 한 번쯤은 봐준다. '그래, 그 편안함 나도 알지!' 하면서.

가끔 살아갈 때도 베스트 자세가 필요하다. 남들에겐 요상하고 불편해 보일지 모르지만 그게 내 인생에는 베스트, 가장 편안한 자세인 것이다. 나에게도 그런 일이 있었다. 고등학교를 그만둘 때 그랬고, 이른 독립을 할 때도 그랬다. 남들은 왜 평범한 길 두고 그렇게 고생하냐고 물어도 그게 내겐 베스트였다. 아무리 다시 생각해봐도 다시없을 베스트.

고등학교를 그만두었던 것은 열일곱 구 월이었다. 중학교 때부터 학교를 그만두고 싶어 하던 나는 어머니를 끈질기게 설득해서 고등학교 자퇴권을 얻었다. 아버지에겐 '검정고시 합격 전까지 비밀'이라는 조약과 함께 자퇴하면 어떻게 살지 계획부터 시작해서 검정고시까지 스스로 계획했다. 그만둘 생각으로 다니는 학교를 상상한 적, 다들 있지 않나. 내가 가장 학교생활을 즐겼던 때는 그만둘 생각으로 다녔던 육 개월의 고등학교 생활이었다.

어차피 그만둘 생각이니, 학교 성적은 전혀 중요하지 않았다. 수업도 듣고 싶은 대로 들었고 야간 자율 학습도 하고 싶으면 했다. 대범하게 학교에 다녔는데, 한 번은 음악 시간에 각자 가능한 악기를 연주하는 실기 수행 평가에서 기타를 친 나는 대중음악을 연주했다는 이유로 낙제를 받았다. 내가 기타를 가르쳐준 친구는 쉬운 클래식을 연주해서 통과했다는 것도 아이러니였다. 그래서 나는 재시험 날, 학교에 안 갔다. 나는 분명히 연주를 했고, 재시험을 볼 이유도 없다고 생각했으니 나름의 반항이었던 것이다. 대학 진학도 하지 않고 어차피 학교를 그만둘 나를 신경 쓰는 선생님은 없었다. 나는 그날 집에서 늦잠을 자고 느지막이 산책을 하며 하루를 보냈다. 이 얼마나 편안한 인생일까. 하기 싫으면 안 하는 삶. 그야말로 베스트 자세다.

또 다른 베스트 자세는 독립이었다. 고등학교를 그만두고 돈을 벌기 시작한 나는 열일곱에 집을 나와 반독립생활을 했다. 그렇다고 뭐, 놀러 다닌 것도 아니고 하지 말아야 할 일을 하고 다닌 것도 아니다. 그저 집이 아닌 지하 작업실에서 잠을 청하고 친구들이 등교하는 시간에 나는 출근을 하는 정도였다.

집에 들어가서 지내는 시간은 일주일에 두세 번 정도. 한 번도 내 방을 가져보지 못한 나는 그때부터 월세를 내며 내 공간을 만들었다. 내 공간이라고 하면 내가 아닌 다른 사람은 침범할 수 없고, 나의 동의하에 함께할 수 있으며, 내가 생활하는 것을 방해받지 않는 것을 의미했다. 십칠 년, 집에서 눈칫밥으로 살아온 내게 나의 공간은 그야말로 '편안' 그 자체였다. 비록 매달 나가는 월세를 위해 편의점에서 끼니를 때웠지만, 만족스러웠다. 내가 직접 돈을 벌고 있으니 필요한 물건이 있다면 부모님께 얘기하지 않고 스스로 살 수도 있었다. '내 힘으로 무언가를 할 수 있다.' 그것이 내가 열일곱에 느낀 또 다른 베스트 자세였다.

그런데 베스트 자세도 누울 때마다 다르듯이, 시간이 지나면서 베스트 자세도 변했다. 처음 베스트는 하고 싶은 일을 하는 것이었고, 그다음으로 찾아온 베스트는 학교를 그만둔 것이었고, 그다음은 자립이었고, 그다음은 독립이었다. 늘 월세와 생활비를 걱정해야 했던 내가 취직을 하며 금전적으로도 확실하게 독립했다.

그리고 지금의 베스트는 고양이들이다. 침대 위에 고양이 두 마리와 함께 끼여 누워있으면 그보다 편한 일이 없다. 하나는 머리에서, 하나는 발 밑에서 내는 고롱고롱 소리를 듣고 있으면 마음이 절로 편해진다. 어찌 보면 베스트가 갈수록 소박해지는 것 같기도 하다.

여기서 중요한 것은 '베스트 자세'는 '나의 베스트 자세'라는 것. 아무리 남편이 편안하다는 자세를 내게 가르쳐주고 그렇게 누워도 남편이 느끼는 편안함을 내가 느끼진 못한다. 덩치도 다르고, 척추가 휜 정도도 다르고, 이것저것 다 다르니 당연할 수밖에 없다. 베스트 자세를 원한다면 이렇게도, 저렇게도 누워가며 스스로 내게 딱 맞는 베스트 자세를 찾아야 한다. 그것이 누군가에게는 똑바로 누운 정자세일 수 있고, 나처럼 요상한 모양일 수도 있는 것이다.

만약 모두가 내게 학교를 절대 그만두어선 안 된다고 했다면, 나는 나의 베스트 자세를 찾지 못했을 것이다. 모두가 대학을 꼭 가야 한다면서 억지로 내게 입시 준비를 시켰다면 나는 절대 편안하지 못했을 것이다. 구부정해도, 팔다리가 요상하게 놓여 있어도 그게 내가 편하다면 내 인생의, 지금의 베스트 자세다. 그 누구도 뭐라 할 수 없는, 방해할 수 없는 나만의 편안함. 어쩌면 우리는 각자의 베스트 자세를 찾고 있는지도 모르겠다.

지금 베스트
자세야?
응
남편

약한 사람이 되고 싶다

대학을 나오지 않은 내가 대학 얘기를 하는 것이 이상할 수도 있지만, 친구에게 팀 프로젝트에 관한 얘기를 들었다. 혼자서 과제를 하면 혼자 점수를 받지만, 팀 프로젝트는 학생들이 팀을 이뤄 역할을 분담하고 과제를 수행한다는 것이었다. 그러면서 친구는 가장 끔찍한 것이 '팀플'이라고 했다.

조장은 누가 맡을 건가부터 시작해서 발표는? 자료 조사는? 모두 눈치를 쓱 본단다. 역할이 큰 자리는 서로 맡기 싫어 피하고 미루다가 누군가 떠안게 된다고. 게다가 팀으로 진행하는 과제다 보니 여러 사람이 약속을 잡고 만나야 하는데, 꼭 그럴 때마다 누구 하나는 계속 빠진단다. '몸이 안 좋아서, 갑자기 일이 생겨서….' 그렇게 온갖 핑계로 빠지고 빠지다 보면 누군가는 또 빠진 사람들의 일을 떠안게 된다고. 눈치와 분노의 집합체가 팀플이라며, 모든 것을 떠안은 친구는 차라리 과제는 혼자 하는 게 낫다고 했다.

나는 팀플 과제를 떠올려보다가 '혼자가 낫다'라는 말에 깊이 공감했다. 나 역시 모든 것을 혼자 하는 게 좋은 혼자쟁이기 때문이다. 내가 제대로 못 해서 다른 사람이 함께 혼이 나는 것을 쉽게 이해할 수 없고, 다른 사람이 못 하는 일 때문에 나까지 스트레스받아야 하는 것이 싫은 혼자쟁이. 내 능력은 내 능력대로 평가받고 싶고, 못 해도 내 탓, 잘해도 내 탓이고 싶은 혼자쟁이. 굳이 혼자 할 수 있는 일을 왜 다른 사람과 함께해야 하는지 이해하지 못하는 혼자쟁이. 급한 성격에 완벽주의, 거기에 혼자 자라온 환경이 삼위일체로 만들어 낸 혼자쟁이가 나였다.

혼자쟁이인 나는 도움을 받으면 지는 거로 생각했다. 일을 시킬 바엔 내 마음에 들게 그냥 내가 일을 하는 성격이 되어 누군가 도와준다고 해도 거절하고 모든 것을 직접 했다. 밥도 혼자 먹고, 일도 혼자 하고, 그야말로 혼자, 혼자, 혼자. 내가 할 수 있는 일을 누군가 도와주면 마음이 상하기까지 했다. '혼자서도 할 수 있는데, 왜 그래! 나 그렇게 약한 사람 아니야!' 하면서. 지금 생각하면 괜한 자존심이다. 정말이지 괜한 자존심 좀 부리고 살아왔다.

그러다 스콧 니어링과 헬렌 니어링의 《조화로운 삶》이라는 책을 읽으며 의문이 들었다. '동물을 키우지 않는다, 자급자족으로 살아간다.' 등 자기만의 규칙을 세우고 존경스러울 정도로 잘 살아가는 니어링 부부가 마지막까지 아쉬워한 것은 '공동체를 형성하지 못한 것'이라 말하는 부분이었다.

'아니, 둘이서 잘 살면 됐지, 왜 굳이 다른 사람과 삶을 함께 꾸려야 해? 이렇게 완벽하게 자신의 삶을 꾸려가는 듯 보이는데 왜 하필 다른 사람과 어울리길 바란 거지? 왜 공동체 형성을 그렇게 중요하게 생각한 거지? 어째서 완벽한 사회로부터의 독립은 공동체가 답이라고 생각했던 걸까?' 혼자쟁이인 나는 잘 이해되지 않았다. 질문만 깊어지면서 나는 사람들이 모이는 공동체나 집단에 관심이 생겼고 답을 찾기 위해 그들의 세계 속으로 들어가 보았다.

공동체가 크든 작든 나는 관찰자가 되어 단체나 모임에 완전히 속하진 않고 한 걸음 물러나서 지켜봤다. 뭔가에 완전히 소속되기엔 혼자쟁이의 자존심이 용납하지 않았다. 그렇게 '나는 달라!'라는 다소 삐뚤어진 시선으로 바라본 것이

사실이다. 그러나 내가 가지지 않은 것을 그들은 가지고 있었다. 첫째는 소속감이었고, 둘째는 효율성이었다.

혼자쟁이인 나는 소속감은 혼자를 견디지 못하는 약한 사람이 안정을 얻기 위한 수단이라고 생각했다. '나는 그런 약한 모습은 필요 없어!'라고 생각할 정도였다. 그러나 소속감이라는 것은 안정감이라기보다는 사람들과 마음을 나누는 일이었다. 발전이 있을 때 사람들은 다 같이 기뻐했고, 부당한 일이 생길 때 다 같이 화내고 맞섰다. 그 과정에서 사람들은 같은 마음으로 함께했고, 서로를 흔쾌히 돕는 마음을 가지게 되었다. 나는 그것이 일종의 우정이라는 생각까지 들었다. 의지하고 싶은 약한 마음이 아닌, 마음을 나눌 줄 아는 사람들이 가지는 우정.

사람과 함께하는 것은 효율성에서도 뛰어났다. 각자 잘하는 일을 하면서 부족한 점을 사람으로 채우면 일이 비교적 쉽게 해결됐다. 혼자쟁이인 나는 효율성이 떨어져 늘 모든 것을 스스로 해야 했다. 그림을 잘 그리지 못하지만 디자인을 직접 해야 했고, 영상 촬영을 해본 적이 없지만 영상을 찍기 위해 며칠 밤을 샜다. 그런 고생이 나의 능력치를 키우는 일이라고 생각했지만, 그건 내가 다 할 수 있다는 고집이었다. 내가 부족하다는 것을 인정하고 주변에 도움을 청하면 쉽게 해결될 일임에도 괜한 자존심으로 생고생을 한 것이었다.

함께하는 모습을 관찰하며 '혼자서만 지내온 나는 좁은 세상에 살아온 우물 안 개구리가 아닐까?' 생각했다. 도움받을 수 있는 일을 혼자 하기 위해 에너지를 과하게 쓰고, 뭐든지 혼자 할 수 있다는 자만으로 약한 모습을 숨기려 한 건 아니었을까. 아마 니어링 부부가 공동체에 대한 아쉬움을 남겼던 것도 자신들이 약하다는 것을 알고 자신의 삶을 더 깊이 있게 가꾸기 위해선 타인의 도움이 필요했다는 것을 알고 있었기 때문이지 않을까. 대학의 팀플도 그런 마음을 가르치기 위해 있는 것일지도 모른다. 물론, 의도와 달리 악마의 팀플이 되어버리긴 하지만.

혼자쟁이인 나는 여전히 누군가에게 도움받는 일이 어색하고 어렵다. 부탁을 할 때면 어쩐지 몸이 배배 꼬이는 것 같다. 그래도 조금은 용기 내서 도와달라는 말을 해보려고 한다. 혼자 다 할 수 있다는 마음도 좀 내려놓고, 나도 다른 사람을 도우려 한다. 그렇게 차츰 약점을 숨기려고 온갖 노력을 하던 혼자쟁이에서 약한 모습을 보일 줄 아는 사람이 되어가는 중이다.

혼자쟁이가 사람과 사람 사이를 함께하며 누군가의 도움을 받을 줄 알게 되는 것은, 강해 보이려 하는 사람에서 자신의 부족함을 아는 약한 사람으로, 그리고 약한 사람에서 진짜 강해질 수 있는 사람으로 변화하는 일이 아닐까. 이제 나는 약한 사람으로 변화하고 싶다. 그러니까, 진짜 강한 사람이 될 수 있도록.

당신은 정말 좋은 나쁜 사람이군요!

유난히 누군가에게 쓴소리를 못 하고 유난히 누군가에게 거절당할까 봐 두려워하는 사람이 있다. 때로는 부탁을 거절하지 못해 들어주거나 억지로 상대의 기분을 신경 쓰며 눈치를 많이 보는 사람. 착한 사람이고 싶고 친절한 사람이고 싶고 그러다가 험담이라도 듣게 되면 또 그런 말을 들을까 봐 마음 졸이는 사람. 그렇다. 지금 나는 내 얘길 하고 있다.

여태까지 마이웨이를 외쳤지만, 실은 엄청나게 눈치를 보며 산다. 평상시에도 눈치 보는 것은 필수. 이제는 서로 할 말 못 할 말 다 하는 사이면서도 상대가 불편해한다 싶으면 바로 미어캣 모드. 두리번두리번 기분 상한 것은 없나 살피는 것이 본능이라면 본능. 말 하나도 조심, 단어도 조심. 상대가 조금이라도 싫어할까 봐 다시 또 조심. 그렇게 사는 삶이라, 정말이지 피곤한 삶이었다.

그런 내게 하나의 전환점이 있었다. 바로 열아홉, 스물을 함께 보낸 남자친구. 남편도 이 이야기를 알고 있으니 결혼한 나의 지난 연애사를 괜히 마음 졸이며 볼 것은 없다.

일을 하는 열아홉 자퇴생과 인문계 학교에 다니는 성실한 고3의 만남은 순탄치 않았다. 다른 고3처럼 그 친구도 대학 입시 준비로 바빴고, 대학에 갈 생각 없는 나는 너무나 자유로웠다. 지금도 그렇겠지만, 고3이 연애한다는 것은 일종의 일탈과도 같아서(그것도 심지어 자퇴생과) 많은 고민을 나눴다. 그러나 사랑을 막을 수는 없었다. 열아홉의 사랑은 그렇게 시작됐다.

시간이 많은 자퇴생은 고3 남친을 위해 학원이 끝나는 시간마다 늘 그를 데리러 갔다. 얼굴을 보고 싶은데 공부하는 시간을 뺏을 수는 없으니 학원에서 집으로 가는 잠깐이라도 얼굴을 볼 심산이었다. 버스를 타고 남친 집 앞까지 간 뒤, 조금이라도 더 함께 있기 위해 다시 나를 버스 정류장까지 데려다주는 일이 반복됐다. 그렇게 기다리고 기다리는 연애를 했다. 아, 참 풋풋했다.

그렇게 스물이 되면 같이 놀 수 있을 줄 알았는데, 이것(어느 순간 '이것'으로 변해버렸다)이 재수를 하겠다고 했다. 수능을 완전히 망쳐서 재수를 할 수밖에 없다고. 눈앞이 깜깜해졌다. '일 년을 기다렸는데 재수라니!' 그래도 기다리기로 했다. 사랑의 힘으로 같이 대학에 가겠다며 짧게나마 입시를 준비했을 정도였다.

그러나 기다리는 연애는 오래가지 못했다. 나는 지쳐갔고, 상대도 슬슬 지쳐갔다. 사랑하지 않은 것은 아니나, 너무 사랑해서 지쳤다. 더 함께 있고 싶고, 더 사랑하고 싶은데 대학이라는 중요한 문턱 때문에 늘 시간이 부족했다. 나는 기다리지 못했고, 상대는 자유롭지 못했다. 어쩔 수 없이 우리는 헤어졌다. 나중에 서로 맞는 시기가 오면 다시 만날지도 모른다면서.

남편과 결혼한 것으로 보아 짐작하겠지만, 당연히 약속은 지켜지지 않았다. 헤어지고 다음 해 가을에 남편을 만났고, 일 년 삼 개월 뒤 결혼했다. 남편은 거의 나와 결혼하는 것에 미쳐 있어서 사귀기도 전부터 결혼하자고 쫓아다녔고, 그걸 해냈다. 실패했으면 그냥 미친 사람 같았을 텐데, 해냈으니 성공한 사람이 되어버렸구나 싶다.

여하튼 그렇게 결혼식을 마친 날, 군대 번호로 전화가 왔다. 당시 스물셋이었으니 남자 사람 친구들이 대부분 군대에 있어 친구 중 하나가 결혼을 축하한다는 전화를 걸었다 생각하고 아무 생각 없이 전화를 받았다. 그런데 이게 누군가. 전 남자친구였다. '이것'이 남의 잔칫날 나타나 전화를 걸어왔다. 그리고 내게 말했다.

"네가 어떻게 결혼을 할 수 있어!"

이미 헤어진 지 삼 년이 된 시점이었다. 헤어졌던 '이것'은 나에게 돌아오기 위해 대학을 가고 군대에 간 듯했다. 그렇게 간 군대에서 내 결혼 소식을 접했는지 어쨌는지, 딱 결혼식이 끝난 뒤에 전화를 걸어온 것이다. 나는 순간 죄지은 사람처럼 마음이 얼어붙었다. 그 뒤에 한 말은 내 결혼식을 인생 최악의 날로 만들어 버렸다.

"내 주변 사람들이 너에 관해 욕할 때, 나는 그래도 너를 기다렸어. 그런데 어떻게 그럴 수 있어?"

입시를 기다리지 못하고 헤어져 버린 나는 '이것'에게 나쁜 여자친구가 되어버렸다. '헤어진 지 삼 년조차 되지 않아 결혼한, 정말이지 나쁜 년이 되어버렸구나.' 나는 그 사실에 마음이 너무 불편해졌다. '전 남자친구가 전화해서'가 아니라 '누군가가 나를 나쁜 사람으로 기억하고 있다'는 것에.

나는 누군가가 나를 나쁘게 생각한다는 것을 받아들이기가 힘들었다. 만나는 동안 늘 나빴던 것도 아닌데, 정말이지 나쁜 사람을 넘어 나쁜 년이 되어버린 것에 억울하기까지 했다. 그렇다고 전 남자친구를 만나 해명할 수도 없고, 그냥 나쁜 년으로 평생 기억되겠지. 마음은 쉽사리 나아지지 않았다. 때로는 전 남친인 '이것'에게 전화를 걸어 풀고 싶기도 했다. '나 그렇게 나쁜 사람 아니'라고, '제발 주변에 나를 미워하지 말아 달라 얘기하라'고.

고민을 안고 갔던 신혼여행에서 남편에게 이 얘길 솔직하게 했다.

"결혼식 때 전 남자친구에게 전화가 왔어. 그런데 나를 미워한대."

신혼여행에서 나눌만한 대화는 아니었으나, 그런 불편한

마음으로 신혼여행을 보내고 싶지 않아 꺼낸 말이기도 했다. 남편은 내게 늘 좋은 사람이어서, 이런 경험이 있을까 궁금하기도 했다. 그런데 남편도 자신을 나쁜 사람으로 기억하는 사람이 있다며 말했다.

"나는 너 만나기 전에 여자친구에게 친절했던 적이 없었어. 오토바이를 태워 달라고 하면 '내가 왜 내 소중한 오토바이에 너를 태워야 해?'라면서 오토바이부터 걱정하는 사람이었거든. 그런데 나는 너에게 좋은 사람이 되고 싶고 그렇기 위해 노력하잖아? 나는 그렇게 생각해. 모든 사람에게 좋은 사람일 수 없어. 내가 소중하게 생각하는 사람에게만 좋은 사람으로 남으면 돼."

남편은 모든 사람에게 좋은 사람일 수 없다고 했다. 만약 내가 이것(전 남자친구)에게 좋은 사람으로 남았더라면, 남편에겐 나쁜 사람으로 남았을지도 모르는 일이었다. 게다가 사람은 늘 좋은 면과 나쁜 면이 있고, 그것을 보여주는 것은 관계마다 다를 수 있었다. 남편의 전 여자친구들은 남편을 '오토바이도 안 태워주던 나쁜 놈'이라고 기억할지도 모르는 일이니까.

살아가면서 우리는 나쁜 사람, 좋은 사람이라는 얘기를 종종 한다. '그 사람은 좀 별로더라. 아, 그 사람 괜찮지.' 하는 것들. 흔하게 오가는 말로 우리는 관계 속에서 좋고 나쁨을 묻기도 하고 또 쉽게 대답하기도 한다.

지금 나는 '나쁜 사람'과 '좋은 사람'을 분류하려고 하는 것이 아니다. 하나 속에서 그 모두가 존재할 수 있다고 하는 것이다. 그러니까 나쁜 사람을 마냥 나쁜 사람으로 볼 수도, 좋은 사람을 마냥 좋은 사람으로 볼 수도 없다. 전 남친에게 나는 나쁜 년이지만, 남편에게 난 그런대로 괜찮은 사람이다. 남편 역시 누군가에겐 나쁜 사람이었지만, 내게는 무엇보다 좋은 사람이다. 하나의 관계가 나를 정의할 수 없듯 '좋다'와 '나쁘다'도 나를 정의할 수 없다. 그래서 이제 누군가 "그 사람 좋은 사람이에요?"라고 물어오면 이렇게 답할 생각이다.

"정말 좋은 나쁜 사람이요! 아니, 나쁜 좋은 사람이려나?"

2장

번개탄에
고기를 구워 먹었다

편하게 웃으셔도 됩니다

나는 죽음에 관해 얘기하길 꺼리는 분위기가 싫다. 어차피 태어난 거 한 번은 죽어야 하는데 모른 척하고 싶지 않다. 어떻게 죽을지 대화 나누는 것도 좋고 어떻게 장례식을 치를지 말하는 것도 좋다. 그래서 나는 종종 나의 죽음을 농담처럼 말한다. 이런 걸 보면 남들보다 죽음을 약간은 더 좋아하는 것 같기도.

새해, 나이를 하나 더 먹으면서 나는 신기했다. '우아, 새해다. 아직 살아있네.' 내가 해온 행동들을 생각하면 이 정도면 장수했다 싶었다. '새해 복 많이'를 외치는 동료 G군에겐 '새해 복 많이'를 되돌려보내며 말했다.

"올해는 진짜 죽으려나요."

그 말과 함께 호탕하게 웃어버렸다. 함께 일하며 봐온 모습이 있어선지 G군은 내 그 농담에 몸서리치면서도 심각하지 않게 넘겼다. 자꾸 죽는 얘길 하니 이제 주변도 이렇구나 싶어서 좋았다. 이렇게 계속 죽음을 얘기하다 보면 내가 진짜 죽었을 때 아무도 슬프지 않겠구나 싶기도 했다. 축배를 들지도 모른다. "드디어 죽었네!" 하면서.

나의 이러한 농담은 평상시에만 나타나는 것이 아니다. 한창 아플 때도 남편에게 나의 죽음을 농담처럼 던졌다. 농담이라도 안 하면 진짜 죽을 것 같아서 괜히 웃기게 말했는데, 이런 말도 했다.

"우리 연탄 불고기 먹을까?"
"먹고 싶어?"

거식증으로 아무 음식도 입에 대지 못하고, 먹고 싶어 하지도 않는 내가 음식 얘길 꺼내니 남편은 확 웃으며 먹고 싶으면 당장 밖으로 나가자고 했다. 그러나 나는 이어 말했다.

"집에서 먹자. 겸사겸사 연탄도 사고. 좀 여유 있게 사놔 줘. 혹시 모르니까."

남편은 내 등짝을 때렸다. 아무나 할 수 없는, 상상하기 어려운 농담에 역시나 몸서리치다가 어이없어서 웃어버리기도 했다. "미안, 미안. 너무 아파서 농담이라고 해보려고." 라며 변명을 했지만, 조금은 우리가 언젠가 죽는다는 것을 알아주었으면 하는 마음도 있었다. 피하지 말고, 받아들여 보자고. 그런 의미에서 나는 연이어 남편에게 장례식 이야기를 꺼냈다.

"나 죽으면 수목장 해줘. 끝까지 사람들 귀찮게 하고 싶으니까. 그리고 이왕이면 돈도 많이 들었으면 좋겠으니까 좋은 나무 심어주고. 물에 버리진 마. 수영 못해. 차가운 것도 싫어."

남편도 이제 슬슬 나한테 익숙해졌는지 "나무는 뭐로 해줘? 골라봐."라고 대답했다. 센스쟁이 같으니라고. 나는 국산 나무가 좋을 것 같다고 했다. 벚나무면 좋지 않을까. 그리고 이어 남편에게 부탁했다.

"우리 고양이도 장례식에 데려와 줘. 이왕이면 까만 옷까지 입혀서. 엄청 귀엽겠다. 까만 옷에 넥타이까지 딱."

자식 같은 고양이라면 무릇 나의 장례식에 와야 하는 게 아닌가 싶어 그렇게 얘기했다. 솔직히 이 말은 남편을 어이없게 만들기 위한 얘기였는데, 남편은 진지하게 말했다.

"고양이는 영물이라고 해서 장례식장에 못 들어갈걸?"

"서양도 그래?"

"그건 모르겠네."

"그럼 동서양 장례식 풍토를 보고 고양이도 참석할 수 있으면 그렇게 해줘."

그렇게 우리는 내 장례식에 관해 극적 타결을 했다. 동서양을 막론하고 고양이는 장례식에 금지라면 고양이들은 아쉽지만 집에서 기다리고 수목장에 벚나무로 해주는 거로.

이어 나는 남편이 죽으면 어떻게 해줄지도 물었는데 평범한 장례식을 말해서 "뭐야, 재미없게."라고 말해버렸다. 남편은 그게 현실이라고, 아마 네가 죽어도 고양이는 오지 못할 거라고 반격했다. 어깨를 맞대고 서로 기대어 죽음과 장례식에 관한 얘기를 나누던 중 나는 피식 웃어버렸다. 사람들을 귀찮게 하려고 수목장을 해달라는 둥, 고양이를 데려와달라는 둥, 뭐지. 남편도 함께 피식 웃으며 말했다.

"남편한테 아주 잘하는 말이다."

"멋지지?"

"어이구."

남편이 내 머리를 콩 박았다. 나는 괜히 엄살을 부리며 미안한 마음을 숨기곤 푹 웃어버렸다.

이렇게 종종 주변에 원망과 어이없는 웃음을 주며 내 죽음을 농담 삼지만, 가끔은 당하기도 한다.

만화가인 친한 동생이 어느 날 내게 "언니, 저 만화에서 언니랑 똑같은 캐릭터 봤어요."라고 말했다. 나랑 같은 캐릭터라니. 신기해서 무슨 만화냐고 묻자 〈문호 스트레이독스〉라는 만화에 나온 '다자이 오사무'라는 캐릭터라고 했다. 일본의 문학가 다자이 오사무를 모티브 삼아 만든 캐릭터인데 어떤 점이 닮았나 싶어 넷플릭스에 올라온 만화를 조금 보았다. 바로 이해했다. 다섯 번의 자살 시도로 마침 내 죽은 다자이 오사무를 모티브 삼았듯이 캐릭터는 틈만 나면 죽으려고 했다. 딱 2화까지 봤는데 자살 시도를 몇 번이나 했는지. 남들이 보는 내 이미지가 이렇구나 싶어 웃어버렸다. 만나서 "그 만화 봤다."라고 말하는 내 앞에서 친한 동생도 웃어버렸다.

죽음과 가까운 나를 향해 사람들은 편하게 웃을 수 없겠지만, 이제 내 주변도 제법 익숙해진 것 같다. 가끔은 먼저 농담도 던지고 또 반격도 듣는다. "이렇게 열심히 죽을 생각하는 사람도 없을 거다."라는 말을 듣기도 했다. 나는 그때도 크게 웃었다. 그래, 우리는 죽지. 자의든 타의든 죽게 되어있지. 이왕 죽을 거 살아있는 동안 잔뜩 죽는 얘기를 해버리고, 죽어서 말도 못 하게 되면 그때의 농담을 떠올리며 마음에 위로를 가지면 되지.

나는 오늘도 농담을 던진다. 으스스하고 어이없는 죽음 농담. 어쩌다 내 농담을 직접 듣게 된다면, 편하게 웃으셔도 됩니다.

죽기 전까진 살아있겠지

"작가님처럼 나아지고 싶어요."

가끔 만나는 사람들이 내게 말한다. 좋아하는 일도 하고 있고, 강연이나 유튜브 등에서 활동할 때는 '더 나아진' 얘기를 하게 되고, 지금도 암울하고 막막하다고 말하진 않으니, 당연히 그리 보일 것이다. "어떻게 하면 나아질까요?" 라고 물을 때 "저도 모르겠는데요?"라고 답하지도 않으니 무언가 자꾸 더 나아진 사람으로 보이게 된다. 그러려고 그런 것은 아닌데, 묘하게 찔리면서도 자꾸 친절하게 말하게 된다.

물론, 과거를 떠올리면 조금은 나아진 것 같다. 최소한 일을 하고 사람은 만난다. 정신과 약의 힘을 빌려서 잠도 잘 수 있고 자주 속을 게워내지만 음식을 삼킬 수도 있다. 이 정도만 돼도 숨쉴 만은 하다. 이게 숨쉬기 힘들 정도로 아픈 적이 많아서인지, 딱히 건강과 삶을 기대 안 해서인지 몰라도 마음도 편하다. 아프면 그러려니 한다. 아프지 않은 적이 언제 있었나 싶어서.

그래도 역시 더 아픈 적이 있었다. 책을 내고 작가로 활동하면서 '많이 나아졌다'는 주변의 기대를 와장창 무너트릴 정도로.

#1

때는 작년, 봄. 이제 모두가 '잘 사는 나'를 기대하고 있었다. 나 역시 나에게 잘 사는 나를 기대했다. 이만하면 안정적으로 자리도 잡고 사회생활도 할 수 있지 않을까. 앞으로 글도 쓰고 강연도 하고 사람도 만나고 가족도 사랑하면서 소소한 즐거움을 발견하지 않을까. 이렇게 살아가는 게 그다지 나쁘지만은 않다고 생각하는 때가 오지 않을까. 어쩌면, 정말 어쩌면, 살고 싶다는 생각까지 할지 모른다고.

그러나 삶은 역시 기대와는 달리 흘러갔다. 시작은 작은 불면증이었는데, 며칠간 잠을 제대로 못 잤었다. 일주일 즈음 계속되니 몸이 힘들어져 열이 오르고 온몸이 사시나무 떨듯 떨렸다. 감기도 아니고 몸살도, 코로나도 아니었다. 조금 더 지나니 음식을 먹을 수 없게 되었다. 속 깊은 곳부터 음식을 거부하기 시작했고, 이내 음식만 봐도 토하는 지경에 이르렀다. 혹시나 해 소화기내과 검진을 받았지만 의사는 말했다.

"다 정상입니다. 세상에 음식만 봐도 토하는 병은 없어요. 정신과 치료를 받아보시는 건?"

"저, 이미 정신과 치료, 받고 있는데요?"

'어디로 가야 하죠, 선생님? 이런 환자가 처음인가요?' 묻고 싶었다. 정신과 치료를 받는 환자에게 정신과 치료를 권하다니. 다음 정신과 진료까지 약 나흘이 남은 상황. 그 시간을 견뎌야 한다는 것이 너무 괴로웠다. 잠들라치면 몸이 소스라쳐 벌떡 일어났고, 괴로움에 잠들지 못하고 머리가 너무 아파서 밤새 벽에 머리를 박았다. 쿵, 쿵, 쿵. 이상한 소리에 깬 남편은 내가 벽에 계속 머리를 박는 진풍경을 보게 되었다. 커다란 딱따구리가 된 기분이었다. 말리기도 하고 설득도 했지만 너무 괴로워서 이렇게라도 해야 한다고 답했다. 남편은 벽과 내 머리 사이에 자신의 손을 끼워 넣었다. 나는 벽 대신 남편의 손에 머리를 박았다.

결국, 밤새 머리를 박으며 괴로움에 소리까지 지르는 내 모습을 보고 놀란 남편은 진정하길 기다리고 기다리다 저녁 즈음 정신과 병원에 전화를 걸어 내 주치의를 찾았다.

"수연이가 많이 아파서, 급하게 진료를 봐주실 수 있을까요?"

병원을 오 년 넘게 다녔지만, 나는 단 한 번도 예약을 당기거나 미룬 적이 없었다. 의사 말은 잘 안 듣지만, 병원에 가는 것만큼은 성실한 환자였다. 그런데 내가 전화를 건 것도 아닌 남편이 병원에 전화하여 진료를 앞당길 수 있냐고 물어오니 주치의는 심각한 상황임을 바로 알고는 내일 오라며 시간을 잡아주었다.

"수연아, 선생님이 내일 보재. 좀만 버텨."

남편이 차분하게 말했다. 그 내일이라는 것이 처참하게 느껴졌다. '이렇게 고통스러운데, 내일을 말하다니.' 나는 너무 아파서 내일을 말하는 남편에게 화가 났다. '당신이 이렇게 아프다면, 절대 내일을 말할 수 없을 거야!' 그런 분노였다. 나는 소리를 꽥 질렀다. 수년을 함께한 남편조차 처음 보는 모습이었다.

다음날, 병원으로 향했는데 모든 일은 생각처럼 되지 않았다. 병원 입구까지 왔지만 열이 내리지 않아 병원에 들어갈 수 없었다. 이윽고 코로나 검사를 받아야 한다며 격리되기까지. 급하게 진료를 잡은 나를 기다리던 주치의는 입구에서 격리된 내 소식을 듣고 전화를 걸어왔다.

"상태가 어떠신데요?"
"모르겠어요. 아무것도 모르겠어요."

이미 공황 상태인 나는 아무 말도 못 했다. 어순도 맞지 않았고, 지금 내가 무슨 일을 겪는지도 도저히 알 수 없었다. 코로나 검사 결과는 음성이었지만, 정신과 예약은 다시 뒤로 밀렸다. 그사이 한번 실신해서 응급실에 실려 갔다.

기본적인 검사를 받고 X-Ray를 찍었는데 역시나 정상. 걸을 힘도 없어 베드를 검사실까지 밀고 들어가 누워있는데, 응급실 옆자리에서 아프다고 소리 지르던 사람이 검사실까지 걸어가는 것이 뭔가 이상했다. 수치상 건강한 나는 누워서 검사를 받고, 저렇게 소리 지르는 사람은 걸어 들어가고. 새벽 동안 링거를 맞고 집에 돌아왔지만, 여전히 나아지는 게 없었다.

#2

참으로 신기한 일이었다. 음식은 아무것도 못 먹으면서 술은 또 들어갔다. 그야말로 '술'만 먹을 수 있었다. 몸과 마음이 모두 망가지니 자연스레 술을 더 찾게 되었다. 술에 취해 조금이라도 잠들 수 있다면 그것도 괜찮다고 생각하면서. 그렇게 소주 반병, 한 병, 그리고 두 병. 매일 이렇게 마셨다. 매일 취하고 또 취했다.

문제는 단순히 술이 아니었다. 술만 먹으면 충동적인 행동을 하기 시작한 것이다. 약을 수십, 어쩌면 백 알 정도 한 번에 삼켜버리기도 하고(또다시 응급실행이었다) 스스로를 아프게 했다. 내 양팔과 목에는 선명한 자국이 남았다. 상처가 낫기 전에 또 상처를 내고 상처를 냈다. 사람들은 나를 볼 때마다 놀랐다. 선명한 상처들은 너무나 쉽게 눈에 띄었다. 숨기고 싶은 마음도 없었고, 숨길 수 있는 여력도 없었다. 사실 더 심한 짓도 많이 했는데 차마 적을 수가 없다. 매일 밤, 남편은 나를 부여잡고 온몸으로 안으며 막았다. 나는 남편에게 붙잡혀 소리치고 반항했다. 그렇게 살얼음판 위에서 한 달이 지나갔다. 여전히 모든 것은 그대로. 남편은 나를 부여잡고 처음으로 부탁했다.

"제발, 제발, 술만 조금 줄이자. 끊으라고도 안 할게. 그냥 조금만 줄이자. 부탁이야."

나는 그럴 수 없다고 했다. 막는다면 숨어서라도 마실 거라고 했다. 이 죽을 것 같은, 죽는 게 더 나은 삶에서 술이라도 없다면 세상의 끈이 끊어질 것 같았다. 술로 몸이 괴로워지면, 잠시나마 죽고 싶다는 생각을 잊을 수 있었다. 괴로움으로 괴로움을 지워야 했다.

정신과 병원에서는 '거식증'과 '알코올 의존증', '우울증'이라는 진단이 나왔다. 뭐, 사실 늘 가지고 있던 것이니까 새로운 병명이라기보다는 그냥 증세가 더 심해진 것이었다.

아무리 봐도 곧 죽을 것 같은 내 모습을 본 주치의는 다시 내게 말했다.

“입원하시죠. 딱 이 주만이라도 좋아요. 입원합시다.”

마지막으로 정신병원에 입원한 것은 2년 전이었다. 2년 만에 주치의는 다시 입원을 말했다. 대충 2년 전에도 이만큼 아팠던 것 같다. 그러나 삐뚤어진 나의 마음은 듣기 좋은 말을 뱉을 리 없었다. 나는 말했다.

“저 돈 없어요.”

“이 주만요. 이 주만 입원해도 좀 나아질 거예요.”

“그렇게 저를 잡아둬서 뭐 하시려고요? 더 살아간다고 의미가 있어요? 결국 나아지는 것 없이 이 순간이 지나가길 바라는 거잖아요. 저는 죽을 때까지 이렇게 아프길 반복해야 하고요. 약으로 재우고 입원시켜서 막으면 뭐해요. 제가 달라지지 않는데.”

주치의가 말없이 나를 빤히 보았다. 하고 싶은 말을 다 뱉고 나니 어쩐지 조금 미안한 마음이 들 찰나, 주치의가 어떠한 동요도 없이 안타까운 듯 말했다.

"제게 화가 나셨군요."

이런, 더 미안해졌다. 나는 바로 솔직하게 사과했다.

"선생님께 화가 난 건 아니에요. 그냥 화가 났는데, 지금 제 앞에 계셨을 뿐이죠. 죄송해요."

"기분 나쁘진 않았어요. 괜찮아요."

그 뒤 주치의는 알코올 의존증에 처방하는 약을 늘렸다. 그렇게 아주 천천히 술을 줄여갔으나 여전히 살얼음판 위. 몸은 회복될 기미가 없었고, 글을 쓰는 것이 유일한 위로였던 나는 글도 쓰지 못했다. 매일 쓰던 일기에도 구멍이 생겼다. 쓰지 못하는 날이 쓸 수 있는 날보다 괴롭다는 것을 알았다.

#3

그날 역시 온 새벽을 아픔과 괴로움과 고민과 고통으로

보냈다. 빠져나갈 구멍이 어디에도 없는 것 같았다. 나아지고 아프길 반복하는 이 삶이 지긋지긋했다. 여태껏 해온 자살 시도는 셀 수 없을 정도였고 실패해서 살아버린 것도 그만큼이었다. 결국, 내가 돌아오는 곳은 이곳. 이 아픔과 이 괴로움. 이젠 진짜 죽고 싶은데 죽을 힘도 없었다. 내 힘으로 죽을 수조차 없어 새벽이 지나 해가 뜰 무렵, 자고 있던 남편의 손을 잡았다. 그리고 조용하게 불렀다.

"여보."

남편이 눈을 비비적거리며 살며시 깼다. 자신의 손을 잡고 무릎을 꿇고 고개를 푹 숙인 아내를 보았을 것이다. "응."이라고 말하는 남편에게 나는 모진 말을 했다.

"우리, 제발 같이 죽자. 같이 죽을 수 없다면 나라도 죽여줘. 도저히 죽을 힘이 없어. 살 힘도 없어. 이렇게 죽자. 부탁이야. 제발 부탁이야. 나 너무 괴로워."

마치 신에게 살려달라고 기도하듯 자신에게 죽음을 비는 아내. 남편은 누운 채 눈물을 흘렸다. "안돼. 안돼." 이 말만을 반복하며 울고 또 울었다. 나 역시 눈물이 흘렀다. 헤어지자고 했다. 살아갈 사람은 살아가라고 했다. 남편은 너도 살아갈 사람이라고 했다. 나는 도저히 그 말을 믿을 수 없었다. 그렇게 울다 하루가 가버렸다. 내일이란 희망도 없이.

그런데 희망 없이도 내일은 어김없이 오더라.
어김없이 내일이 오다 보니 또 나아지더라.

지금 글을 쓰기까지 어떻게 나았냐고 물어오면 나는 할 말이 이것밖에 없다. 시간이 약이라는 말은 내가 가장 듣기 싫어하는 말인데, 죽을 힘도 없어서 어떻게 살아있다 보니 시간이 흘렀고, 천천히 술이 줄었고, 음식을 조금씩 삼키기 시작했다. 밤에 잠들 수 있는 날도 아주 천천히 늘어갔다. 그리고 어느 순간, 아프지 않은 것은 아니나 숨 쉴 수 있을 정도까진 나아졌다. 별 노력 안 했는데 살아있다는 이유만으로 조금씩 나아졌다. 약 세 달 만에 이루어진 일이었다.

나는 그 사실이 애석하기도 했다. 살아있다는 이유로 아프고, 살아있다는 이유로 나아져 버리는 것이.

지금도 나는 알고 있다. 내게 이런 아픔이 다시 아무런 예고 없이 불쑥 찾아올 것임을. 이유 없이 심해지고 이유 없이 나아버려서 어느 것도 믿을 수 없는 삶이 죽기 전까지 지속하리라는 것을. 그러나 마냥 절망하지는 않는다. 마냥 기대하지도 않는다. 만약 어떤 때, 살아내지 못해서 죽더라도 그런대로 괜찮은 삶 같다. 아프면 죽을 수 있고, 살아있다면 나을 수 있다. 죽는다면 더는 아프지 않아도 되고, 살아있다면 하늘을 한 번 더 볼 수 있다. 나는 둘 다 괜찮다. 괜찮지 않을 때도 있지만, 지금은 괜찮다.

나는 죽기 전까지 살아있을 것이다. 그것만은 분명하다. 아프든 아프지 않든, 하늘을 보든 땅을 보든, 죽기 전까진 살아있겠지. 괜찮지 않아도, 괜찮아도, 죽기 전까진 살아있겠지. 내가 살아가는 마음은 딱 거기까지다. 살아있다면 나을 것이고, 죽으면 좋은 끝이 될 거라고.

그래서, 나는, 죽기 전까지만 살아있을 것이다.

번개탄에 고기를 구워 먹었다

결혼 육 년 차가 되어가는 우리의 가장 큰 이벤트는 역시 결혼기념일이다. 매해 결혼기념일이면 서로 몰래 선물과 꽃을 준비하고, 새해가 될 때부터 올해는 어디에 갈지 고민하며 여기저기 알아본다. 사실 그냥 넘어가면 편할 것 같은데, 그래도 뭔가 '결혼'이라는 게 생일처럼 정해진 날짜도 아니고 순수하게 양쪽의 선택으로 정해진 자립적인 의미를 두고 있어 자꾸 무언가 해야 한다는 생각이 든다. 사실, '아직 이혼하지 않았네.'라는 자축의 의미도 있다.

다섯 번째 결혼기념일을 구상한 것은 한 달 전부터였다.

처음에는 진짜 새로운 일을 해보자며 강원랜드에서 딱 10만 원씩 가지고 도박을 해보자고 했다. 도박을 해본 적도 없고 강원랜드에 가본 적도 없으니 나름 새롭다는 생각을 했다. 그러나 코로나가 심해지며 강원랜드는 잠시 폐쇄되었고 우리는 계획을 바꿨다. 그래, 사람이 없는 평일에 차박을 해보자! 아직까지 차박을 해본 적이 없으니 이것도 새로운 경험 중 하나였다.

차박을 앞두고 캠핑용 레이를 렌트하고 장을 보고 간단하게 잘 수 있는 침구류 등을 챙겼다. '캠핑' 하면 역시 고기와 불멍. 남편은 캠핑장에서 고기를 구워 먹자며 집에 화로가 있지 않냐고 물었다. '그걸 왜 나에게 묻지?' 나는 대답하지 못하고 "글쎄?" 하고 넘겼는데 어쩐 일인지 한 번도 고기를 화로에 구워 먹어본 적 없는 우리 집에 화로도 있고, 숯도 있고, 번개탄도 있었다. 왜 있는지 모르겠는 화로와 숯, 번개탄을 남편은 척척 찾아 꺼냈고 우리는 짐을 모두 챙겨 캠핑장으로 향했다. 나는 속으로 뭔가 계속 찔리는데 먼저 말을 할 수 없어 화로와 번개탄의 정체에 대해 입을 다물었다.

그러나 영원한 비밀은 없었다. 고기를 구워 먹기 위해 번개탄에 불을 붙이며 남편은 내게 물었다.

"왜 화로랑 숯이랑 번개탄이 집에 있었을까?"

"음, 글쎄."

남편이 나를 째려보았다. 모르긴 뭘 모르겠나. 내가 사둔 것인데. 번개탄도 사두었고 번개탄을 피우다 집에 불이 날까 봐 화로까지 사두었다. 참, 생각해보면 죽을 생각은 하면서 집에 불이 날까 걱정하는 아이러니함이란. 결국 실패로 돌아간 시도 이후 남은 것들은 다시 쓸지 모르니 집 어딘가에 숨겨두었었다. 남편이 절대 보지 않을 베란다 한 구석에.

그런데 남편은 다 알고 있었다. 심지어 저건 이사 오기 전에 사두었던 것인데, 남편은 다 알고서도 이사할 때 버리지 않고 내버려 두었다는 것까지 어렴풋이 알 수 있었다. '어떻게 알고 있으면서 그렇게 모른 척 할 수 있지?' 불안한 내 마음과는 달리 낮게 깔린 번개탄 위에 숯이 타면서 고기가 익어갔다. 치이이익. 기름이 떨어지며 연기가 났다. 고기는 환상적으로 익었다. 남편이 고기를 썰어주는데 결국 나는 반 실토하듯이 말했다.

"저 번개탄, 고기 구워 먹으려고 산 건 아니었는데…."

"알고 있어."

"그래. 저거 원래 고기 구워 먹을 때 쓰는 거긴 하지."

둘이서 눈이 마주쳤다. 웃긴 일이 아닌데 웃음이 참아지지 않았다. 죽으려고 사놓은 것들로 고기를 구워 먹는 상황이 현실 같지 않았다. 이건 마치 블랙코미디에 나올법한 일이 아닌가. 공기 좋은 곳에서 밤하늘 별을 보며 죽으려고 산 번개탄으로 고기를 구워 먹는 모양새. 뭔가 완벽한 것 같은데 완벽하기엔 웃픈 상황이라고 해야 할까. 어쨌거나 번개탄 입장에선 다행일지도 모르겠다. 괜스레 원망과 책임을 지기보단 고기를 구우며 고마움을 선사했으니까.

확 트인 캠핑장의 하늘 위로 번개탄의 연기가 피어올랐다. 연기는 예전에 경험했던 것과 달리 전혀 독하지 않고 고기 냄새를 한층 진하게 만들어주고 있었다. 남편과 계속 킥킥대면서 번개탄이 타오르는 것을 보았다.

남편이 고기 한 점을 입에 가져다주며 말했다.

"고기 맛있지?"

"응."

"그래, 그럼 됐어."

남편은 더는 번개탄에 얽힌 나의 마음을 묻지 않았다. 두꺼운 토마호크 고기를 이리저리 구워가며 지금 이렇게 함께하면 됐다고 했다. 살아있어서 이런 날도 오지 않았냐고. 나는 '죽으면 어쩔 수 없는 거지.'라고 삐뚤어진 얘길 하려다 결혼기념일이라는 것을 깨닫고는 행여나 삐질까 그냥 조용히 웃으며 고개를 끄덕였다. 지금 이렇게 고기를 구워 먹으니 됐지, 하면서.

죽을 뻔한 이야기

죽을 것같이 아팠던 것도 얘기했고, 죽으려고 한 얘기도 했고, 죽을 거란 얘기를 들은 일도 뒤에 있으니, 죽을 뻔한 이야기를 할 차례다. 참고로 이건 주변에서 좀 유명한 이야기라 "그 얘길 또 쓰려고?"라는 말을 듣기도 했지만, 나는 "한 번 더 그런 짓 하긴 좀 그렇잖아."라고 말해서 또 등짝을 맞았다. 농담이었는데.

그 일이 있기 전날도 예사롭지 않은 하루였다. 정신병원에서 다시 정신병원으로 전원을 하는 사이 받은 이틀의 외박 중 첫날이었다. 이번에는 꼭 죽어야겠다, 싶었다. 병원을 옮기기도 싫었고 자꾸 입원하는 것도 싫었다. 그냥 좀 죽게 놔뒀으면 좋겠다 싶었는데 마침 외박을 받았다. 다시 입원하면 언제 올지 모르는 기회였다. 나는 치밀하게 계획을 세웠다. 흡사 범죄 영화에 나올법한, 치열한 악당 같은 모습으로.

일단 전부터 준비해놓은 화로를 방 안으로 옮기고 혹시 부족할까 봐 프라이팬도 방에 놓았다. 화로를 산 이유는 좀 웃기지만 집에 불이 날까 봐 였다. 죽을 와중에 불 날 걱정을 했다. 어쨌거나 미리 사둔 번개탄을 피우고 수면제를 한 움큼 먹었다. 방 안의 틈은 모조리 막아두었다. 이대로 잠들기만 하면 죽을 거로 생각했다(혹시 따라 할까 봐 걱정이긴 한데, 잘 안 죽는다는 걸 미리 알린다. 이게 실패했으니 내가 아직 살아있는 거다).

가만히 눈을 감으면 되겠지 하고 자리에 누우려는데 번개탄은 생각보다 엄청나게 지독한 냄새를 내며 연기를 뿜었다. 잠깐 사이에 방 안이 온통 연기로 채워졌다. 순간 걱정에 잠이 오지 않았다.

'신고당하는 거 아니야?'

냄새가 정말 엄청 독해서 조금만 세어나가도 옆집이나 윗집이나 아랫집이나 신고할 것 같았다. 하다못해 지나가는 사람이라도 신고할 것 같았다. 게다가 얼마나 살벌하게 연기를 내뿜는지, 잠들기 전에는 괴로워서 못 할 짓이었다. 나는 순간의 판단으로 아무래도 다른 방법을 써야겠다는 생각이 들었다. '아니다. 번개탄은 아니다.'

일단 화로의 불을 꺼야 하는데, 어떻게 꺼야 하나 싶었다. 방문 틈을 막은 테이프를 모조리 떼어내고 화장실에서 대야에 물을 받아 화로에 부었다. 번개탄은 쉽게 꺼지지 않았다. 화로도 바닥이 뚫려 있어 물이 고스란히 바닥에 떨어졌다. 할 수 없이 화로째 화장실로 들고 가 물을 부었다. 까만 재가 계속 나왔다. 물이 닿으면서 연기도 더 났다. 온 집 안에 번개탄 냄새가 배었다. 실패도 이런 실패가 없었다. 쓰레기봉투에 꺼진 번개탄을 넣어 버리고 방 안에 탈취제를 아무리 뿌려도 냄새는 지워지지 않았다.

"이거 무슨 냄새야?"

집에 돌아온 남편이 묻는데 태연하게 "창문을 열어놔서 담배 연기가 들어왔나 봐."라고 둘러댔다. 아무리 생각해도 담배 냄새라고 하기엔 치명적이었다. 그런데 또 그냥 넘어갔다. 모른 체해준 것인지, 모른 것인지. 참고로 이날 쓰고 남은 번개탄과 화로가 결혼기념일에 고기를 구워 먹은 번개탄의 정체였다.

그렇게 다음날이 왔다. 그다음 날은 병원으로 돌아가야 했다. 그러면 나는 어쩔 수 없이 살아야 한다. 병원에 입원해 있는 동안에는 온갖 감시가 있으니 이날이 마지막 기회였다. 이번에는 다른 수를 떠올려야 했다.

나는 가장 클래식한 방법을 쓰기로 했다. 끈을 행거에 묶었다. 의자를 끌고 가서 그 앞에 섰다. 그다음은 기억이 안 난다. 쓰기 싫어서가 아니라 진짜 기억이 안 난다. 충격으로 단기 기억상실이 왔다. 결과는 역시 살았다. 행거가 통으로 무너졌다. 옷을 걸기 위해 만든 행거가 나의 몸무게를 버틸 거로 생각한 것이 실수였다.

정신이 번쩍 들면서 눈이 딱 떠졌다. 숨을 꺽꺽 쉬는데 목에는 끈이 고스란히 묶여 있었다. 기억은 안 나지만, 조금은 매달려 있었던 것 같다. 어쩌면 죽기 직전에 무너진 것이 아닐까 생각했다. 왜냐면 후유증으로 목부터 얼굴까지 시꺼멓게 멍이 들었기 때문이다. 의사는 그대로 행거가 무너지지 않았으면 진짜 죽었을 거라고 했다. 속으로 아쉽다고 생각했다. 죽기도 참 힘든 일이었다.

어떻게 해도 숨길 수 없는 멍든 얼굴은 바로 자살 시도를 들키게 만들었다. 나는 다시 정신병원에 입원당했다. 다행인지 아닌지 얼굴이 다 나을 때까지 정신병원에 있어서 그 얼굴을 본 것은 남편과 의료진뿐이었다. 얼굴에 있는 핏줄이 다 터져 시퍼런 모습은 나도 보기 힘들 정도였다. 굳이 비유하면 보라돌이가 된 타노스 얼굴(타노스는 원래 보라색이긴 하지) 같았다. 아무래도 이 방법으로 죽으면 분명 예쁘게 죽진 않을 거란 걸 알았다. 역시 죽기에 좋은 방법이란 별로 없는 것 같다.

사람들은 그때의 이야기를 들으면 다행이라고 한다. 살아서 다행이라고. 그 말을 들을 때, 내 마음은 달랐다. 다행이면 죽어야 하는 거 아닌가. 보통 이런 경우 '자살 시도에 실패했다'고 하는데, 실패보다 성공이 좋은 거 아닌가? 실패로 뭔가 배우는 것에 의의를 두기도 하지만 내가 이 실패로 배운 것은 '이렇게는 안 죽는다'는 것 정도였다.

그런데 지금 '다행이다'라는 말을 들으면 그냥 반반이다. 그때 죽었어도 그런대로 괜찮은 삶이었고, 살아있는 지금도 나쁘진 않다. 더 배운 것도 분명 있다. 나는 죽지 않고도 마음을 편하게 만드는 요령을 조금 더 익혔다. 용서도 하고 사랑도 경험했다. 나이가 드는 것이 지긋지긋하게 싫었는데 이제 나이가 들어간다는 것이 조금씩 마음에 들기도 한다. '몇 살에 죽어야지'는 별 의미 없다는 것도 알았다. 중요한 건 '몇 살'이 아니라 죽거나 혹은 살게 될 오늘뿐이다. 오늘 죽을 게 아니면 살아있다.

죽음이 얼마나 가까운 것인지 아는 사람의 하루는 무엇보다 가치 있다. 죽을 건데 뭔들 못하겠는가. 그렇게 하루를 보내다 보니 어영부영 나이를 먹었고 되돌아보면 후회는 없다. 살 마음은 들지 않아도 죽을 것까진 없지 않나. 지금도 어영부영이다.

죽지 않았다면, 늦지 않았다

열여덟, 크리스마스이브였다. 새벽 네 시, 전화가 울렸다. 모르는 번호였기에 받지 않았다. 한 번 더 전화를 받지 않자 이내 문자가 왔다. '고모다. 니 아빠가 지금 위독하다. 전화 줘라.' 짧은 문자였다. 나는 바로 그 번호로 전화를 걸었다. 태어나서 처음 고모에게 전화를 걸었지만, 안부는 오가지 않았다. 대신 급한 목소리로 아버지의 상황이 전해졌다.

"글쎄, 술을 먹었는데 식도가 파열됐단다. 지금 수술 중인데, 가망이 없을 것 같단다. 빨리 와라."

나는 부랴부랴 오빠를 깨웠다. “오빠, 아빠 돌아가실 거 같대.” 짧은 말이었다. 오빠 역시 벌떡 일어나 급하게 옷을 주워 입었다. 열여덟의 나와 스물하나인 오빠는 해도 뜨지 않은 시간, 택시를 잡았다. 병원으로 가는 길 내내 마음이 복잡했다.

수년을 자식을 뒤로했던 아버지였다. 그나마 있던 어린 시절 추억조차 모두 슬픔으로 만들어버린 사람이었다. 제대로 불러본 적도 없는 것 같은 사람이었다. 사랑한다는 말은 더욱 해본 적이 없었다. 한편으론 원망했다. 나를 이 세상에 태어나게 만든 것에, 나를 사랑하고 원했다는 것에 원망했다. 기다리고 원망하다 잊어버린 사람이었다. 내 삶에 없는 사람이라고 생각했다. 내 삶에서 지워진 사람.

아버지가 수술을 받는 동안 친척들이 모였음에도 아버지의 자식들 번호 하나 가진 사람이 없어 돌고 돌아 겨우 연락이 닿은 것이 나였다고 했다. 모두의 삶에서 그 정도로 잊힌 사람이었다. 그런데 그래도 아버지라고 연락이 왔다. 돌아가실 것 같다고.

택시가 새벽 도로를 힘차게 가로지르는 동안, 스치는 가로등 사이로 나는 이제 무엇을 원망해야 하나 싶었다. ‘용서

하지 못할 죽은 이는 없다.'는 사노 요코의 말처럼 차마 죽을 사람을 원망할 수는 없었다. 그래서 잠시 술을 원망하기도 했고, 술을 먹게 만든 사람을 원망하기도 했고, 크리스마스를 원망하기도 했다. 갈 곳을 잃은 원망은 뿌연 가로등 빛만큼 퍼져나갔다.

수술이 끝나길 기다리는 동안, 나와 오빠는 말없이 수술실 앞에 앉아있었다. 둘 다 울지도, 당황하지도 않고 덤덤하게 자리를 지켰다. 친척들은 그런 우리를 가엾게 여겼다. 한편으론 무섭다고 생각했을 것이다. 아버지가 돌아가실지도 모르는 자리를 덤덤하게 지키는 조금은 어린 자식들의 모습이. 그렇게 시간이 흘러갔다. 아침까지도 수술은 끝날 기미가 없었다.

새벽은 대낮이 되었다. 그제야 열두 시간의 수술을 마치고 의사가 수술실 밖으로 나왔다. 아버지의 상태를 말해주었다. 기적적으로 고비를 넘겼다며, 잘 회복하면 생명에 지장이 없을 거라고 했다. 조금 더 기다리면 중환자실에서 면회도 가능하다고 했다. 아버지의 얼굴을 보기 위해 다시 기다렸다.

이윽고 면회시간, 중환자실에 누운 아버지를 보았다. 겨우 마취에서 깨어나 온갖 호스를 달고 힘겹게 숨을 내쉬는 아버지를.

아버지 가까이로 걸어가는 순간까지 나는 아버지를 무슨 마음으로 받아들여야 하는지 알 수 없었다. '살았다'는 말에 약간의 안도감이 들었지만, 죽다 살아난 아버지에게 해야 할 말은 무엇일까. 연락도 없다 덜컥 '죽음'이라는 것으로 자식들을 부른 아버지에게 자식이란 어떤 존재인 걸까. 넓게 퍼진 원망이 다시 살아버린 아버지를 향했다. 아버지를 보았다. 아버지도 나를 보았다. 아버지는 산소호흡기 사이로 간신히 말을 했다.

"우리 딸, 보고 싶었어."

그 한마디에 원망이 으스러졌다. 용서하지 못할 죽은 이는 없다. 겨우 숨을 쉬는 아버지 곁에서 나는 '죽은 이가 될 이 또한 용서하지 못할 것은 없다.'고 느꼈다. 지금 용서하지 않는다면, 어떠한 새로운 마음도 가질 수 없다. 삶은 모두 원망이 되고 죽음은 후회가 될 것이다. 나는 아버지의 손을 잡았다. 복잡함은 흘러가고 안도의 웃음이 났다. 우리는 모두 죽어가는 이이기에 용서하지 못할 것은 없었다.

그로부터 십 년이 지났다. 얼마 전, 아버지는 다시 입원했다. 큰일은 아니고 작은 수술이었다. 마취가 덜 깬 상태로 전화를 건 아버지는 내 이름을 부르며 다시 "보고 싶다." 라고 말했다. 나는 망설임 없이 아버지에게 갔다. 아버지에게 무슨 말을 해야 할지도 생각하지 않았다. 아버지를 보는데 얘기할 거리를 딱히 생각하지 않아도 될 만큼 그간 십 년의 시간이 아버지를 진짜 아버지로 만들었다. 마주 앉은 나와 아버지 사이엔 죄책감도, 원망도 없었다. 나는 마음 편히 다시 "아빠."라고 불러보았다.

늦지 않았다. 죽지 않았으니까.

나는 너의 죽음을, 너는 나의 죽음을

인간관계를 모조리 끊어내려 한 적이 있다. 사실 '한 적이 있다'라고 시작하면 안 됐다(이런). '자연스럽게 인간관계가 정리되었다'는 것이 더 어울릴지도 모른다.

그래도 '한 적이 있다'고 말하는 것은 내가 그 관계들을 유지하기 위해 노력하지 않고 오히려 방치했기 때문이다. 소홀해지는 관계들. 멀어지는 친구들. 나 역시 멀어지는 이들을 잡지 않고 지웠다. SNS도, 전화번호도 지우고 약속은 하나도 없는 그런 일상. 만약 내가 결혼하지 않았더라면, 그 누구도 내가 이 세상에 존재하고 있다는 것을 알아채지 못했을 것이다. 죽었다면 '20대의 고독사' 정도랄까.

마음을 단단히 먹고 사람을 멀리해야겠다고 딱히 다짐 같은 것을 하진 않았지만, 어렴풋한 계기는 있었다. 결혼 초반이었는데, 오랜만에 만난 소꿉친구 솔이는 행복해야 할 나의 얼굴에서 아픔을 보았다. 당시 나는 살이 얼마나 빠졌는지 한눈에 보일 정도였다. 솔이는 걱정 어린 눈빛을 보내면서도 괜찮다며 내게 이렇게 말했다.

"야, 너 아프면 간도 빼줄게. 아프지 마."

나는 웃으며 "어이구, 쓸데도 없겠다."라고 응수했지만 (그때도 술을 먹고 있었다) 그날 집으로 돌아가는 길, 나는 뒤돌아 울었다. 자신의 간이라도 빼주겠다는 친구에게 크나큰 상처를 주게 될 나라는 존재에 관한 죄책감 때문이었다. '내가 죽으면 이 친구는 얼마나 아플까. 나를 떠올리며 얼마나 아픈 나날을 보내야 할까.' 그렇다고 살아가기엔 내가 괴로웠다. 그래, 내 마음속엔 검은 죽음이 있었다.

당시에 내 마음을 감싸 안던 것들. 그토록 인간에게 사랑받고 싶어 하면서도 밀어냈던 것들. '내가 죽게 된다면, 내가 세상에서 사라진다면, 남겨진 그들의 마음은 어떠할까?'라는 말도 안 되는 배려. 나는 죽을 테니까 당신들이 슬퍼하지 않도록 멀리 떨어져 나가라는 식의 배려. 살아있는 동안, 남겨질 이들을 위해 슬픔을 최대한 줄여나가자는 마음으로 사람들을 멀리했고 병원에 입원하기 시작하면서 모든 관계와, 그리고 일과 멀어졌다.

처음 정신병원에 입원하면서 나는 횅댕그렁한 사람이 되었다. 폐쇄 병동이라 외부와 연락도 할 수 없었고 기껏 하는 연락이라곤 남편에게 필요한 것을 부탁하는 것뿐이었다. 입원 기간도 길어져 이렇게 나라는 사람이 사회와 타인의 삶에서 완전히 지워질 거로 생각한 순간, 병원 안에서 새로운 관계가 생겨났다. 낯선 얼굴을 한 사람들과 종종 대화하기 시작했고, 입퇴원을 반복하며 몇 번이고 다시 보는 얼굴들도 생겨났다. 먼저 안부를 묻고 서로를 챙겨주기도 하는, 그러나 병원 밖에서는 만날 수 없는 아주 기묘한 관계였지만 모두 마음이 아프다는 끈끈함이 묘하게 서로를 묶어주었다.

그렇게 입퇴원을 반복하던 그 이삼 년, 내가 아는 이가 죽었다는 소식이 들려왔다(병원에 함께 입원한 환자였다). 정신병원은 소문이 빠른 곳이어서 금방 알 수 있었다. 병원에서 스쳐 지나간 많은 사람들, 그중 내가 가장 먼저 죽을 줄 알았는데 누군가가 먼저 죽어버렸다. 나는 그 사실이 생경했다. 입원 중 몇 번 마주친 별것 아닌 관계였음에도 짧은 슬픔을 가지고 다시 관계란, 그리고 죽음이란 무엇인지 살갗으로 느꼈다.

병원을 나온 나는 처음부터 다시였다. 다시 사회 속으로 들어가고, 다시 관계를 맺는 방법을 배우고, 다시 관계를 유지하는 방법을 배웠다. 잃었던 이들을 대부분 찾아내고 관계를 회복하며 주변에 사람을 여럿 두기 시작했다. 관계라는 것은 그렇게 쉽게 끊어지는 것이 아니라는 것도 그때 알았다. 내가 멀리하고 병원으로 도망가 있는 동안 그들은 자신의 삶을 살면서도 내가 돌아올 자리를 남겨두었다. 친구는 마치 어제 나를 만난 듯이 티 없이 웃었고, 술잔을 들이키며 연애사를 털어놓았다. '그동안 어디 갔었냐, 왜 연락이 안 됐냐.'는 서운함도 없이 '어! 이제 왔네!'라는 식의 반응이었다.

주변의 소중한 사람을 되찾으며 다시 이 년이 흘렀다. 내 주변에는 오랜 시간 나를 지켜온 사람들과 어느 정도 알아온 사람들, 그리고 새롭게 알아가는 사람들이 섞여 다양한 색을 이루고 있었다.

"이제는 두렵지 않으세요? 예전엔 상처 주게 될 것이 두려워서 사람을 만나고 싶지 않다고 하셨잖아요."

수년 동안 나를 봐온 주치의가 갑자기 내게 물었다. 확실히 나는 전보다 사람에 관한 이야기를 많이 했고, 다양한 관계를 형성하고 있었다. 변화라면 변화고, 긍정이라면 긍정일지도 모르는 징후들. 이런 사소한 징후를 주치의가 놓칠 리가 없었다. 그리고 그 물음 속에 '이제 그렇게 죽고 싶은 건 아니죠?'라는 기대가 내심 들어있다는 것도 역시 알고 있었다.

"그래서 살고 싶어졌냐고 물으시는 거라면, '아니요'에요. 마음은 그대로죠."

주치의는 차마 실망했다는 표정을 짓진 않았지만, '그럼 그렇지' 정도의 표정은 지었다. 이제 그 정도의 내성은 생긴 듯했다. 나는 이어 말했다.

"저는 관계들 속에서 제가 그들에게 줄 상처만 생각했어요. 내가 죽으면 이 사람들은 슬프겠지. 그럼 굳이 슬퍼할 일을 만들지 말자. 그런데 사람이 슬프지 않을 수 있나요? 모든 관계가 영원한가요? 병원에서 누군가 죽었다는 소식을 들었을 때 알았어요. '누구라도 나보다 먼저 떠날 수 있겠다. 그 누구도 언제 죽을지 알 수 없다.'라는 것을요. 관계라는 것은 일방적이지 않고 저도, 제 주변도 언제 어떻게 죽을지 알 수 없으니 우리는 관계를 시작하는 순간부터 이미 헤어짐을 견디겠다는 의미를 가지죠. 언젠가, 모두 죽을 테니까."

얘기를 가만히 듣던 주치의는 "극단적인 예군요."라고 했다. 나는 "하지만, 사실이죠."라고 응수하며 말을 이었다.

"나는 너의 죽음을, 너는 나의 죽음을, 그리고 죽음에 따라오는 슬픔과 상실 같은 여러 감정을 포함해서 책임지고 있어요. 저는 그 관계의 끝을, 죽음을 책임질 거예요. 그들은 그들의 책임을 지게 되겠죠. 그러니까, 두려워하지 않으려고요. 시작하는 것도, 끝이 나는 것도."

나는 지금도 생각한다. 관계의 책임을. 당신과의 만남이 당신의 죽음까지 안고 가겠다는 것의 의미를.

3장

건물주는 사양하겠습니다

통장 잔고와 마음가짐

나는 삶에 딱 규칙을 정해놓고 살진 않는다. 내 인생에 반드시 해야 할 것도 없고, 반드시 하지 말아야 할 것도 없다. '흘러가는 대로 삽니다'라는 말이 맞는 인생을 살고 있는데 그래도 나름의 규칙이라고 하기 뭐한, 어쩌면 철칙 같은 것이 하나 있긴 하다.

올 초 즈음 새로운 글을 쓰기 시작하면서 사람들과 함께 글을 쓰는 기회도 늘려나갔다. 만날 혼자 쓰다 보니 시야가 좁아지는 것 같아서, 그리고 글을 어떻게 써야 할지 책 세 권을 내놓고도 몰라서 글쓰기를 배우기로 했다. 글을 함께 쓰다보니 글과 자신에 관한 얘기를 나눌 기회도 많아졌는데, 글쓰기 반에서 그나마 나와 나이대가 비슷한 A가 내게 물었다.

"수연 씨는 철칙 같은 게 있어요?"

그분은 아마 글쓰기에 관해 물어봤던 것 같은데, 나는 글쓰기가 아닌 내 인생의 철칙 같은 것을 말해버렸다.

"통장 잔고는 낮게 유지하자요."
"그게 뭐가 철칙이에요?"

의외의 대답에 A는 내가 글쓰기에 관해 말하지 않은 것에 딴지걸기 전에, 내 인생의 철칙에 먼저 딴지를 걸어버렸다. 실은 글쓰기 철칙 같은 것도 딱히 없고, 바로 생각난 것을 말한 것이어서 철칙이라 하기 뭐하지만, 그래도 '철칙'이란 단어를 들었을 때 생각난 대답이 그 말이었으니 '통장 잔고를 낮게 유지하기'를 철칙으로 봐도 무관한 상황이었다.

"통장 잔고를 낮게 유지하는 게 어떻게 철칙이 돼요?"

말만 던지고 해석을 안 하는 내게 A가 한 번 더 물었다. '그런 이상한 대답에 해석조차 하지 않다니!' 나의 불친절함을 견디지 못해 나온 물음이었을 것이다.

"죽을 때 돈을 가져갈 수도 없는데, 많아서 뭐하나요. 돈은 쓰라고 있는 거죠. 게다가 돈이 많이 남았는데 다 못 쓰고 죽으면 괜히 억울하잖아요."

여전히 어딘가 불친절하지만, 나는 분명하게 대답했다. A도 어쩐지 석연찮지만, 조금은 받아들인 듯 보였다. 미래에 관한 대비나 노후자금 등 이런 생각은 안 하냐고 묻고 싶어 입이 근질근질한데, 그렇게 물으면 너무 뭐라 하는 것 같아서 참는 듯 보였다. 나는 내심 그 말을 하지 않을 정도로 친해지지 않았음을 다행으로 여겼다.

예전부터 이런 철칙을 가진 것은 아니었다. 나름 열심히 벌어 스무 살에 천만 원도 모아봤고(그러나 그 천만 원이 내가 모은 돈 중 가장 큰 액수로 남아버렸다. 저런) 틈만 나면 저축을 하는 편이었다. 그러나 우울함과 친구인 죽음과 가까워지고 유학 자금을 모두 병원비로 날리면서 돈에 관한 생각이 바뀌었다.

'결국 내가 죽으면 못 쓰는 돈 아닌가?'

죽으면 돈을 못 쓴다. 가는 길에 노잣돈이 필요하다 한들 그게 어디 지폐겠는가. 애초에 돈이라는 것은 쓰라고 있는 것이다. 내가 돈을 써야 누군가는 돈을 벌게 된다. 쓰지 않으면 경제가 제대로 돌아가지 않는다. 결국 나는 '돈을 쓰는 행위는 나를 위한 일이면서 시장 경제를 위한 일이다!'라는 엄청난 결론을 내렸다. 모두를 위한 일! Peace!

그렇게 나는 나와 세계 평화를 위해 돈을 쓰기로 했다. 죽기 전에 해보고 싶은 일, 특히 돈이 있으면 할 수 있는 여행을 다녔다. 프로젝트가 끝나서 계약된 오백만 원이 통장에 들어왔을 때도, 그날로부터 한 달 만에 다 썼다. 유럽을 돌고 미국에 다녀왔더니 전부 사라졌다. 돈을 세계적으로 썼으니 말 그대로 세계 시장 경제를 위해 기여한 셈이었다.

돈을 다 쓰고 나니 정말이지 마음이 통장 잔고만큼이나 가벼웠다. 언제 죽어도 아쉽지 않게 돈을 썼다. 처음 천만 원을 모았을 때, 나에게 주는 보상으로 백만 원만 써보자고 생각하고도 쓸 줄 몰라서 통 크게 한 번의 라식 수술로 돈을 썼는데 이제 보니 나는 돈 쓰는 일에 굉장한 재능이 있는 사람이었다. 지금도 그 재능을 마음껏 쓰고 있고 통장 잔고는 여전히 가볍다.

이렇게 가벼운 통장 잔고, 아니 마음을 가진 나는 무엇보다 자유롭다. 늘 처음 같은 마음으로. 늘 처음 개설한 통장 같은 가벼움으로.

Go~
Go~
10000

만 원짜리 마음

물건을 사는 유형은 크게 두 가지로 분류된다. 꼼꼼히 알아보고 이것저것 다 비교해본 뒤 사는 타입과 그냥 대충 적당히 사는 타입. 그중에서 나는 정말 확실하게 대충 적당히 사는 타입이다.

대충 적당히인 나는 구매 결정이 굉장히 빠르다. '고민은 배송을 늦출 뿐!'이라며 그냥 산다. 검색해서 상단에 뜨는 것을 누르고 옵션은 모두 적당히. 옵션이 너무 많으면 그냥 포기. 비교 안 하고 그냥 구매 쓱. 요즘은 결제가 편해져서 일 분이면 손쉽게 통장 잔고를 비울 수 있다.

덕분에 광고에도 쉽게 넘어간다. 무언가 나와 맞는 광고를 딱 띄워주면 별생각 없이 그걸 턱 사버린다. 물론 필요 없는 것이라면 구매하지 않지만, 마침 사려고 찾던 것이라면 그냥 산다. 덕분에 사놓고 안 입는 옷이나 물건이 좀 있지만, 딱히 반품하지도 않는다. 그래도 꽤 돈을 쓴 거라면 귀찮음을 무릅쓰고 반품하기도 한다.

대충 적당히 덕에 사기도 맞아봤다. 약 이만 오천 원 정도의 스마트폰용 프린터기였는데 구매하고 '언젠가 오겠지.' 하고 한 달을 그냥 지나쳤다. 남편이 언제 오는 거냐고 물어도 '보내주겠지.' 하고 미루다 다시 석 달이 지났다. 남편이 거기가 어디냐며 끈질기게 물어서 구매처를 찾아보니 사이트도 문을 닫고 전화번호도 이미 없는 번호로 바뀐 후였다. 덕분에 남편의 잔소리를 좀 들었다. 그렇게 '대충 적당히'니 사기를 맞는 거라고.

그 외에도 '옷은 입어보고 사라, 신발은 신어보고 사라, 화장품은 써보고 사라, 가구는 재보고 사라.' 등 다양한 잔소리를 듣는다. 남편의 말을 따르면 실패율이 확실히 줄지만, 나도 나름의 실패들로 실패하지 않는 규칙은 있다. 나는 키가 작으니까 외투를 살 땐 총장이 80cm 이하인 것으로 사기, 구김이 잘 가지 않는 원단으로 사기, 리뷰 많은 것 사기(그런데 막상 리뷰는 잘 안 본다) 등. 물론, 실패율을 줄인다고 했지 실패하지 않는다고는 안 했다.

이렇게 단점을 줄줄 얘기하고 뒤에 이런 말을 하면 변명 같긴 한데, 사실 내가 이런 구매방식을 택하는 것엔 나름의 이유가 있다. 바로 무언가 알아보지 않고 사는데 치르는 돈과 그것을 알아보는 데 쓰이는 내 마음 중, 마음을 택한 것이라고.

평소 자잘한 일에 신경을 많이 쓰는 나의 마음은 늘 피곤하다. 건강한 고양이가 아플까 봐 걱정하기도 하고, 사람들과 연락을 주고받는 것에도 뭐라고 말해야 할지 일일이 생각한다. 글은 또 어떻게 쓸지 매일 고민하고, 평소 습관처럼 삶이나 죽음, 감정이 무엇인지 사색에 잠긴다. 오죽하면 추천받은 책 제목이 《나는 생각이 너무 많아》일까.

그런 나는 지치지 않기 위해 마음 아끼기를 한다. 걱정이 끊임없이 들면 뚝 끊어버리고, 다른 사람 일에 별다른 관심도, 신경도 안 쓴다. 그리고 그중 하나가 대충 적당히 물건 사기다. 알아보고 사면 돈을 조금이나마 아낄 수 있을지 몰라도 물건 하나를 사기 위해 드는 나의 온 신경과 생각과 마음을 그렇게 아끼는 것이다.

생각해보면 물건 하나를 사기 위해 알아보는 시간이 꽤 길다. 한 시간에서 며칠, 몇 달을 알아보기도 한다. '미리 샀다면 고민한 시간 동안 그 물건을 쓸 수 있었을 텐데! 물건 알아보는 시간과 노력을 아꼈을 텐데!' 보통 비슷한 물건을 찾아 가격 비교를 해 봐도 많이 차이 나봤자 만 원 정도다. 그렇다면 나는 만 원을 쓰고 내 시간과 노력을 사겠다! 그런 것이다!

앞서 맞은 사기를 신고하지 않은 것도 나름의 이유가 있다. 물론 신고 정신이 투철하면 좋겠지만, 신고를 하기 위해 겪어야 하는 과정이 내겐 너무 스트레스였다. 신고처를 알아보고 내용을 진술하는 등 신경 쓸 구석이 너무 많았다. 게다가 상대는 이미 도망갔는데. 그래서 나는 스마트폰 프린터 값인 이만 오천 원을 내고 스트레스받지 않는 마음을 사기로 한 것이다. 물론 남편은 옆에서 절대 그러지 말라며 잔소리를 한다. 그러면 계속 사기 친다고. 그 말도 맞아서 다음부턴 사기 맞으면 남편에게 신고할 생각이다.

반품을 잘 하지 않는 이유도 비슷하다. 온라인 쇼핑몰 물건은 직접 볼 수 없으니 반품하는 경우가 많은데 반품을 하기 위해 다시 포장하고 운송장을 입력하고 쇼핑몰에 전화하는 일이 생각보다 일이다. 여기서 나는 계산에 들어간다. 반품에 들 고생이냐 돈이냐. 생각해보면 대충 만 원, 이만 원이면 반품하지 않는 듯하다. 그러니까 물건을 사는 것에 쓰는 내 마음은 만 원, 이만 원어치인 것이다.

그 외에 좋은 점을 찾자면 대충 샀는데 물건이 좋을 때, 생각 이상으로 기분이 좋다. 기대 없이 구매하니 내 돈 주고 사고도 선물 받은 느낌이다. 이 고마움을 유목민처럼 매번 새로운 브랜드를 찾기보다는 우연히 산 좋은 물건을 계속 사는 것으로 표현하기도 한다. 판매자에겐 꽤 괜찮은 고객이 되는 것이다. 가끔 나와 맞지 않는 것이라면 주변에 선물할 수도 있다. 기분 좋은 소비와 괜찮은 고객이 되는 뿌듯함, 거기에 내 마음까지 지킬 수 있다니. 합리적인 소비라고 합리화하기 충분한 이유들이다.

이쯤 되면 실은 묻고 싶은 것이 생길 것이다. '아니, 그냥 귀찮은 거 아니야?' 차마 아니라곤 못 하겠다. 귀찮기도 하다. 그러나 중요한 것은 내가 나를 잘 알고 더 마음 써야 하는 일을 구분하고 있다는 것이다. 온종일 물건 알아보느라 문장 한 줄 못 쓸 바엔 최저가는 아니더라도 적당한 물건을 산 뒤 문장 한 줄을 더 쓰겠다. 반드시 시간뿐 아니더라도 조금 더 신경 쓴 문장 한 줄을 위해 다른 신경을 포기하는 것이다.

월급 한 푼 안 받는 프리랜서 작가면서 최저가를 찾지 않는 것은 돈이 많아서가 아니다. 다른 사람의 마음을 돈으로 사본 적도, 그럴 생각도, 그리고 돈도 없다. 그러나 나의 편안한 마음을 위해 만 원 정도는 쓸 수 있지 않나.

계획적인 말대꾸

따르릉. 어느 날 아버지에게 전화가 왔다. 점심시간 즈음이었는데, 추석을 앞두고 언제 집에 올지 물으며 다소 꺼내기 어려웠을 문제에 관해 가볍게 물으셨다.

"너희 돈은 좀 모아뒀니? 월급이나 돈 관리는 누가 해?"
"돈? 남편이 관리하는데? 각자 번 돈은 각자 관리해."
"그러지 말고 여자가 관리해야지. 그래야 돈이 모인다."

'아버지, 당신이 틀렸습니다. 당신의 딸은 아무런 능력이 없어요.'라고 말하고 싶었는데 일단 참았다. 평상시 내 고집이 아버지를 닮았다는 것을 알고 있기에 내가 아무리 말해도 '그래도 여자가 돈 관리를 해야 한다.'고 말하실 게 뻔했기 때문이다. 나는 아버지가 더는 물을 수 없도록 말을 획 돌려 "아빠는 어떤데?" 하고 물었다. 아버지는 조금 당황하며 급하게 전화를 끊으셨다. 성공이었다.

그날 저녁, 퇴근한 남편에게 아버지에게 전화 온 얘기를 바로 해줬다.

"오늘 아빠한테 전화가 왔는데 말이야."

"응."

"돈 관리를 내가 하라네?"

그 말을 듣자마자 남편이 빵 터졌다. "아버님이 널 모르시는구나?" 하면서 웃는데 나도 잘 알고 있는 문제라 그냥 같이 웃어버렸다. 그리고 남편도 나와 같이 아버지에게 전하지 못할 말을 내게 말했다.

"댁의 따님께서 돈을 너무 잘 씁니다. 아버님, 그러다 우리 다 망해요."

그 말에 나는 기분이 나빴을… 리가 없다. 너무 분명한 사실이어서 다시 웃었다. 인생의 철칙으로 '통장 잔고는 가볍게!'를 외치는 나인데, 생활비라고 다를 것이 없었다. 내 수중에 들어온 돈은 무조건 세계 평화를 위해 흘러가게 되어있으니, 돈을 관리하려면 나보다는 남편이 제격이었다. 서로를 잘 알기에 선택한 나름의 계획이 '돈 관리는 남편이' 었다.

이번에는 아버지가 아닌 어머니 집에 갔다. 일하는 남편은 두고 혼자 친정에 가서 어머니와 둘이 밥을 먹고 있었다. 그런데 어머니가 또 아버지와 같은 말을 했다. 돈 관리는 누가 하느냐고 물어본 것이다.

"각자 버는데, 대부분 남편이 관리하지."
"얼마나 모았는데?"
"모르는데?"

마냥 철없이 보였겠지만, 어쩔 수 없었다. 이 철없는 말대꾸는 사실 다 기대를 낮추기 위해 치밀하게 계산된 일이었기 때문이다. 그러다 잘되면 좋은 거고, 안 돼도 기대가 없을 테니 부모님이 상처받을 일은 없으니까. 나는 나대로 살고, 부모님은 실망하지 않고. 서로가 좋은 일이니 얼마나 현명한 방법인가.

어머니의 계속되는 질문에도 나는 계획대로 말대꾸를 이어 나갔다.

"나중에 애 낳으면 어떻게 하려고 그러니."

"애 안 낳을 건데?"

"집은 하나 사야지. 집도 없이 어떡하려고?"

"내가 평생 모아도 어차피 집 못 사."

"돈이 갑자기 필요하면 어떡하니."

"그럴 때는 꼭 돈이 생기더라고."

지치지 않는 말대꾸에 어머니는 한숨을 푹 쉬셨다. 그러곤 과일을 마저 다 깎아 접시에 담고선 "옜다!" 하고 주셨다. 나는 걱정하는 어머니의 마음을 알면서도 TV 앞에서 과일을 맛있게 먹으며 헤헤 웃었다. 나를 몰아 원하는 지점으로 끌고 가려는 부모님을 교묘하게 피해서 내가 가고 싶은 길로 가는 말대꾸 재능에 감탄하기도 했다. '하늘이시여, 제게 돈을 주진 않으셨지만 말대꾸 능력을 주셨군요!'

비록 대책 없고 철없어 보이더라도 나는 내 마음이 편안한 삶이 무엇인지 알고 있기에 나를 위한 삶을 산다. 물론 친절하게 설명하는 것도 좋겠지만, 가족이라는 게 너무 가까워서 말이 통하지 않기도 하니 적절한 유머와 말대꾸로 부모님 웃는 얼굴 한 번 더 보는 게 좋지 않나 싶다. 나름 이렇게 부모님 마음마저 생각하며 계획적인 말대꾸를 하는 사람이니 조금은 믿으셔도 괜찮지 않을까. 아, 그런데 기대는 하지 마시고요.

부끄럽지 않은 돈

신을 믿지는 않지만, 가끔은 인간인 나를 시험에 들게 하는 것 같은 일이 생긴다. 이를테면 잔돈을 잘못 거슬러 받아 만 원이 더 주머니로 들어온다거나, 이유 모를 곳에서 돈이 생긴다거나, 길을 가다 현금이 두둑한 지갑을 줍는다거나….

때는 스물여섯, 가을. 나는 음악을 들으며 집으로 향하고 있었다. 딱히 집 주변에 산책로가 없어 큰 도로를 따라 한두 바퀴씩 걷곤 했는데, 그날도 동네를 한 바퀴 걷고 집으로 돌아가는 길이었다.

그러다 저만치 보도블록 위에 까만색 무언가를 발견했다. 다가가서 보니 예상했던 것처럼 지갑이었다. 지갑이나 가방을 주우면 항상 망설임 없이 주인을 찾아주었기에 단서가 될만한 것을 찾기 위해 지갑을 열었다. 그런데 안에 돈이 있었다. 삼십만 원 정도의 현금이.

순간 움찔했다. 이렇게 돈이 많이 든 지갑을 주운 것은 처음이었다. 약간은 당황해서 다시 그 자리에 내려놓을까도 생각했다. 그러나 한번 본 것을 못 본 체하기도 어려워 일단 지갑을 들고 집으로 왔다. 남편에게 전화해서 지갑을 주웠다고 하자 남편이 말했다.

"카드사에 전화하면 주인 금방 찾을 수 있을걸?"

"근데, 안에 현금이 삼십만 원이나 있어."

"헉."

아마 남편도 나와 같은 생각을 했던 것 같다. 이건 신이 주신 용돈이 아닐까. 내 것이 아니니 당연히 주인을 찾아줘야 하는데 견물생심이라고, 그간 믿어온 나의 도덕성이 흔들리는 경험을 하고 있었다.

고민되는 마음으로 이번에는 친구에게 물었다. '지갑을

주웠고 현금이 들어있다. 당신은 어떻게 할 것인가?' 나름 듣고 싶은 대답이 있었다. '그래도 찾아줘야지.' 이런 말. 그런데 친구는 이렇게 대답했다.

"나라면 현금만 빼서 가지고 지갑은 한강에 버린다."

그 말을 듣고 흔들렸던 내 마음은 그나마 양심적이었다는 것을 알았다. 나는 차마 현금만 빼고 지갑을 버릴 생각까진 못했으니까.

시간이 조금 지나 남편이 퇴근하고 집에 돌아와 함께 지갑을 다시 열어 보았다. 안에는 카드 여러 장과 신분증, 명함, 그리고 가장 중요한 현금이 있었다. 이 사람은 누구길래 현금을 삼십만 원이나 들고 다닐까 싶어 혹시나 하는 마음으로 신분증에 있는 이름을 포털 사이트에 쳐 보았다.

지갑을 주웠는데 포털 사이트에 그 지갑 주인이 뜨는 경우가 얼마나 있을까? 이게 바로 그런 경우였다. 지갑 주인이 포털 사이트에 기업인으로 올라와 있었다.

삼십만 원에 흔들렸지만, 얼굴에 이름까지 알게 된 사람을 모른체 할 수 없었다. 차라리 신분증을 보지 않았거나 포털 사이트에 검색이라도 안 했으면 조금은 덜 찔렸을 것 같은데, 내 양심은 도저히 넘어갈 수 없었다. 안 그래도 소심한데, 잃어버린 사람에겐 큰돈이 아닐지라도 그걸 빼 쓸 수는 없었다. 결국, 약간은 흔들렸지만 찾아주기로 했다. 그렇게 카드사에 전화해서 지갑을 주웠다며 카드 주인에게 연락을 부탁했다.

지갑을 주운 다음 날, 모르는 번호로 전화가 걸려왔다. 아마도 지갑 주인이지 싶어 전화를 받자 예상대로였다. 지갑 주인은 포털 사이트에 나온 대로 나이가 있는 아저씨였다. 나름 사업도 하시고 높은 위치라고 나왔는데 한참이나 어린 내게 존댓말을 써가며 너무나 공손하게 말씀하셨다.

"아이고, 찾아주셔서 감사합니다. 댁이 어디쯤이신가요? 제가 편한 시간에 맞춰서 찾아가겠습니다."

너무 감사해하고 공손하셔서 순간 흔들렸던 내가 미안할 정도였다. 아직은 삼십만 원이 아른거렸지만 지갑 아저씨와 약속을 잡고 만났다. 그리고 지갑을 전해주며 말했다.

"혹시 지갑에 빠진 건 없는지 확인해보세요."

나 이전에 누군가 발견해서 몰래 카드나 현금을 뺐을 수도 있으니 확인해보라는 내 말에 지갑 아저씨는 지갑을 열어보지도 않고 말했다.

"다 있겠죠. 이건 답례입니다."

그러곤 그제야 지갑을 열고 오만 원을 내게 주셨다. 감사하다는 인사까지 받고 오만 원이 생긴 것이다. 나는 마음 불편한 삼십만 원을 내려놓고 마음 편한 오만 원을 받았다. 그리고 그 돈으로 맛있는 것을 맘 편히 사 먹었다.

이 사건 이후 나는 명확하게 알았다. 일단 나는 남의 돈을 그냥 가져갈 만큼 대범하진 못하다. 물론 당당하게 그 돈을 쓰는 사람도 있겠지만, 나는 그럴만한 깜냥이 아니니 착하게 사는 수밖에 없다.

그리고 역시 돈보단 편한 마음 쪽이다. 삼십만 원이든 백만 원이든 내 마음이 편안한 것이 좋다. 자신에게 부끄럽지 않고 마음 편하게 지내는 것이 최고다. 돈은 나도 벌 수 있지만, 부끄럽지 않은 마음은 돈으로 살 수 없으니까. 게다가 부끄럽지 않은 대상이 나라면 더욱이.

하지만 앞으로, 없다고 믿지만 혹시라도 있을지 모르는 신이 내 마음을 다시 시험하는 일은 없었으면 좋겠다. 지갑을 줍더라도 현금이 없는 지갑이길 바란다. 물론 주인을 찾아줄 거지만, 나도 어쩔 수 없는 사람이니까요.

주식을 해보긴 했는데요

지금 내 모습을 보면 재테크와는 참 거리가 멀다고 느껴질 것이다. 근데, 그게 사실이다. 돈을 모으지도 않고, 주식이나 펀드도 안 하고, 부동산 투자는 할 돈이 없으니까. 그나마 하나 있는 주택청약 적금도 은행에 갈 때 남편이 수없이 얘기한 뒤에야 겨우 만들었다. 돈 들어올 곳이 없으니 월 삼만 원 정도 나가는데, 쓰지도 못하고 죽을까 봐 그것도 은근히 아까워하고 있다.

그런데, 실은 나는 재테크에 관심이 무척 많은 십 대를 보냈다. 처음 주식을 한 것은 열여덟이었는데, 미성년자라 통장 개설을 할 수 없어 바쁜 엄마를 보채서 은행에 갔다.

당시 증권은행에서 순서를 기다리는 십 대는 나뿐이었다. 엄마의 도움으로 통장을 개설한 뒤엔 주식을 했고, 남은 월급으론 펀드를 했다. 서점에 가도 재테크에 관한 책을 살 정도였다.

주식을 시작한 열여덟의 일과는 이러했다. 아침 여덟 시에 일어난다. 일어나서 출근(고등학교를 자퇴했으니 출근을 했다)을 준비하는 동안 뉴스를 튼다. 뉴스에선 지난 코스피지수의 변동을 알려준다. 그럼 유심히 그 얘길 듣고 주식 동향을 살핀다. 출근을 해서 손님이 몰리는 점심시간 전까지 매니저 언니와 주식 얘기를 한다. '어디는 사야 한다, 빠져야 한다.' 그렇게 주고받은 정보로 주식 시장이 열리는 시간 동안 주식을 사고판다. 주식을 하기 전에는 웹툰 전용이던 초록 창에 회사를 검색하고 무슨 일을 하는지도 본다. 퇴근을 할 즈음이면 주식 시장도 문을 닫는다. 그럼 다시 내일 오르내릴 주식을 생각하며 뉴스를 본다.

물론 약 십 년 전, 최저임금을 받던 열여덟의 알바생에게는 돈이 별로 없어서 주식에 큰돈을 넣지도 못했다. 비싼 주는 얼마 사지도 못하고 대부분 싼 주를 몇몇 사는 정도였다. 성격도 급해서 약간은 도박성으로 주식을 사기도 했다. 그러다 내가 산 주식이 상장폐지가 되는 것도 지켜보았다. 열여덟의 쓰디쓴 주식의 맛이었다.

그렇게 열심히 재테크를 했다. 오십은 오십오가 되기도 했고 삼십이 되기도 했다. 온갖 신경을 다 쓰며 했던 주식에 슬슬 지쳐갈 즈음, 마침 내가 통장을 만든 증권은행이 망하기 직전까지 가버렸다. 뉴스에는 증권은행이 망한다며 온갖 난리를 쳤다. 잃을 돈도 없는 나는 그나마도 잃을까 봐 주식에 넣었던 돈을 다 빼고 통장을 없앴다. 그게 스물이던가. 약 이 년간의 주식의 추억이 그렇게 막을 내렸다. 반은 자의, 반은 타의로.

그 뒤 아침 출근마다 보던 뉴스는 아침드라마로 옮겨갔다. 그리고 삼 년 뒤, 엄마와 오빠가 주식을 시작했다. 오빠는 군대에서 모은 돈을 주식에 넣었는데 어느 날 오빠에게 연락이 왔다.

"죽고 싶다."

의아했다. 오빠는 나와 달리 감정적이지 않고 죽고 싶은 마음을 이해 못 하는 사람 중 하나였다. 무슨 심각한 일인가 싫어 이유를 물었다. 근데, 이유가 주식이었다.

"삼백만 원을 넣었는데, 백이 됐어. 백이. 내 월급보다 많아. 한 달이 날아갔어."

이십 대의 막 제대한 학생에게 날아간 돈은 꽤 큰돈이었다. 그리고 주식으로 그 큰돈을 날린 오빠는 생에 처음 죽고 싶다는 것을 이해하고 있었다. 나는 솔직하게 말하면, 웃었다. 웃으면서 주식을 그만둔 나를 스스로 칭찬했다. 오빠에게 이제 내 기분을 알겠냐며, 만날 혼자 살고 싶어 하더니 쌤통이라고 놀렸다. 오빠도 어느 정도 그 말에 수긍했다. 그 뒤, 주식을 끊지는 않았지만 안정적인 회사에 투자하는 방식으로 바꾸었다고 했다. 좀 그만두지. 그래도 내 돈은 아니니 딱히 신경 쓰진 않았다.

물론, 주식으로 천만 원을 억으로 불린 사람을 보면 가끔 마음이 흔들린다. 다시 주식을 할까? 그런데 그 사람은 천만 원이라도 있으니 억이 된 거 아닌가. 나는 천만 원이 없으니 이미 틀렸다. 그리고 주식에 쓰였던 내 신경과 시간을 생각하면 내가 가진 돈을 불리는 것보다 글을 쓰는 것이 이득이다. 글은 남기라도 하지, 주식은 오르면 또 떨어질까 얼마나 걱정인가. 그래서 나는 이제 재테크에 '재' 자도 헛갈리는 사람이 되기로 했다. 했다기보단 그렇게 됐다.

사실 이 글을 쓰게 된 이유는 남편이 주식을 한다는 얘길 들었기 때문이다. 얼마나 샀냐고 물었더니 만 원. '뭐야, 만 원이면 돈 벌 생각은 아니구나.' 안도했다. 도대체 만 원으로 뭘 샀냐고 물어보니 이렇게 답했다.

"아마존닷컴에 팔천 원, 넷플릭스에 이천 원."

"그걸로 그 주식을 살 수 있어?"

"아마존닷컴은 0.002주 샀고, 넷플릭스는 0.003주 살 수 있더라."

"내 라식 전 시력이랑 같네. 잘해봐."

만 원이 이만 원이 될 것 같진 않다. 그런데 그게 또 남편의 소소한 재미라면 인정하는 수밖에. 딱 그 정도라면 이해해줘야지.

잘 해봐

집의 역사

지금 남편과 내가 사는 곳은 서울의 열넷 평 정도의 전셋집이다. 전세라고 해도 대출이 대부분이고 우리 돈은 별로 없다. 평수를 봐도 알겠지만, 아파트는 아니고 작은 빌라다. 서울 중에 비싸지 않은 곳이 있겠냐마는 그렇다고 '투자의 메카!'라는 엄청 비싼 동네도 아니다. 그저 그런 동네에 그저 그런 집인 것이다.

그런데 또 있을 건 다 있는 집이다. 작은 거실에 있는 캣타워는 고양이 두 마리가 떡하니 지키고 있다. 큰 방에는 침대와 책상이 놓여 인간의 공간으로 쓰이고 있고, 항상 문이 닫혀있는 작은방은 옷방 겸 짐을 보관하고 있다. 옥상도 열려있어서 텃밭 상자를 놓고 소소하게 무언가를 키우며, 가끔은 강아지를 산책시키는 이웃 주민과 인사도 나눈다.

나는 이 집에서 만족하며 살고 있다. 사람들은 집을 사야하지 않겠냐며 더 열심히 돈을 모으라고 하지만 딱히 그럴 생각도 없다. 내가 뭐 몇 푼이나 번다고. 그거 모아서 집을 살 수도 없을 것 같다. 내가 그렇게 말하면 '더 좋은 집에서 살고 싶지 않냐'며, '그렇게 작은 집에서 애는 어떻게 키울 거냐'고 또 묻는다. 그러면 나는 '아이에 관한 생각이 없고 만의 하나에 하나라도 아이를 키우게 되면 그때 가서 생각하겠다'고 대답한다. 그리고 당당하게 말한다.

"지금도 충분히 만족스러워요."

내가 소박하다고 생각할 수도 있는데, 그게 사실이라 별로 할 말이 없다. 그럴 수밖에 없는 이유도 물론 있다.

내가 처음 남편을 만나 함께 살 때 우리는 반지하 단칸방에서 시작했다. 부산에서 서울로 상경한 남편이 집은 서울이지만 독립해서 살던 내 집에 얹혀살았다. 당시 결혼을 앞두고 남편의 집 계약이 끝나 자연스럽게 내 집에서 같이 살게 된 것이다. 그리고 우리는 이사를 하지 않고 그 단칸 방에서 결혼 생활을 시작했다.

반지하의 삶은 다이내믹했다. 여름엔 덥고 겨울엔 춥고. 겨울에는 외풍이 어찌나 불던지, 온 창문을 비닐로 막았더니 외풍으로 비닐 안쪽이 볼록해졌었다. 특히 화장실이 집 내부가 아닌 밖으로 나 있는 구조여서 씻을 때는 겨울바람과 함께였다. 밖에서 씻는 색다른 경험이 필요하다면 딱인 집이었다. 그 집에선 침대도 기본으로 있던 옵션 중 하나였는데, 사이즈가 싱글이었다. 나름 신혼이니 둘이 꼭 껴안고 잠이 들면 나의 잠버릇에 남편은 종종 새벽에 침대에서 떨어졌다. 그럴 때면 남편이 내게 늘 하던 말이 있었다.

"쪼그만 게 침대는 참 크게 쓴단 말이야?"

"원래 내가 마음이 좀 넓잖아. 그래서 침대도 그렇게 쓰는 거야."

그렇게 남편이 몇 번 굴러떨어지고 결혼 일 년쯤 지났을 때, 우리는 이사를 했다. 유학을 포기하면서 결혼식을 올렸을 때 축의금으로 보증금을 마련하여 드디어 지상으로. 우리는 그 사실에 매우 신나 했다.

월세였지만 지상의 힘은 컸다. 비가 와도 잠길 걱정이 없었고 무엇보다 화장실이 집 안에 있었다. 겨울에도 춥지 않게 씻을 수 있다니! 실로 엄청난 일이었다. 게다가 방도 두 개. 이맘때 즈음 침대도 퀸사이즈로 새로 샀다. 여전히 나는 침대를 넓게 쓰지만 이제 남편이 떨어질 확률은 줄어든 것이다.

이사를 하며 반지하의 옵션이던 가구를 쓸 수 없어 필요한 것만 사고 그 외 가구 대부분은 쓰던 것들을 고스란히 가져왔다. 옷장 대신 행거, 책상 모두 그대로였다. 결혼했으니 새 가구, 새집이라는 마음도 없었다. '딱 필요한 것만 사자.' 서로 마음이 맞았다. 왜냐하면 둘 다 그럴 돈이 없었으니까. 그렇게 이사를 하고 나니 이미 만족스러웠다. 그리고 그맘때 즈음 고양이 두 마리를 입양했다.

다시 그로부터 이 년이 지나 신혼부부 전세자금 대출을 받게 되었다. 내 생에 꿈도 꿔보지 않은 전세에 살 수 있게 된 것이다. 인생의 첫 전세를 얻기 위해 내가 오래 살아왔던 동네를 떠나야만 했지만, 월세를 내지 않는 기분이란 무엇일까 궁금했다. 그렇게 남편과 집을 알아보고 이사 온 곳이 지금 집, 열넷 평 전세였다.

첫 전셋집에도 여전히 오래 함께해온 가구를 고스란히 가져왔다. 이삿날, 식탁을 거실에 딱 두었는데 이상하리만치 식탁이 코딱지만 했던 느낌이 선명하다. 이전 집 거실은 거실이라고 하기 뭐할 정도의 공간이었다는 걸, 원래 쓰던 식탁이 작았다는 걸 그때 처음 알게 된 것이다. 그제야 우리는 식탁을 새로 샀다. 조금 더 큰 4인용 식탁이었다.

지금 나는 만족스럽다. 그러나 만족하는 것은 '발전'하는 집의 역사가 아닌 삶을 대하는 태도다. 집이 너무 추울 땐 에베레스트에 있는 게르에 머무르는 등산객 놀이를 하며 버텼고, 바깥 자동차 엔진 소리에 울리는 집 안에서 춤을 추기도 했다. 반지하에 살 때도, 거실이 좁은 방 두 개짜리 집에서도, 첫 전셋집에서도 만족하지 않은 적이 없다. 어디든, 어떻든, 내 공간이 있다는 것이 실로 대단한 일이지 않나.

앞으로 더 좋은 집으로 갈 수도 있고, 아닐 수도 있지만 별로 걱정하지 않는다. 이미 나는 가진 것에 만족하고 웃으며 받아들일 마음이 있다. 그래도 조금 더 욕심을 가져본다면, 욕조 있는 집에서 살아보고 싶긴 한데…, 음, 딱히 이루지 않아도 상관은 없으니까 만족하는 거로 하자.

찌질하고 염치 있는 친구

"어디 살아요?"

"강남이요."

십 대 때 주변에서 종종 받던 질문 중 하나. 내가 자라온 동네는 '강남의 시골'이라 불리는 포이동(현재는 개포4동)이었다. 판자촌이 철거되지 않고 있으며 근린공원이 조화롭게 자리 잡은 포이동은 한적하고 발달이 늦은 지역이었지만, 위치상으로 강남구에 있어 내 대답은 항상 "강남이요."였다. 이미 눈치챘을지도 모르지만, 내가 이렇게 대답하면 주변은 늘 이렇게 반응했다.

"와~, 부잔가 보네."

500에 30. 거실 없는 투룸 월세에 살면서 부자라는 얘길 듣다니. 가스비가 밀리다 못해 결국 끊기고 말아 커피포트로 물을 끓여 씻던 내게 부자라니. 월세가 밀려 쫓겨나듯 이사해야 했던 내게, 그런 내게. 그렇다고 구구절절하게 내 상황을 얘기하기도 뭐하다 보니 나는 늘 멋쩍은 웃음으로 대답을 대신했다. 오해하는 것은 그 사람 마음이니 그냥 두자면서.

나야 그렇게 컸다고 쳐도, 사실 강남이 부유한 동네인 것은 맞았다. 양재천을 사이에 두고 판자촌과 타워팰리스가 공존하는, 엄청난 빈부격차를 보이는 곳. 나는 판자촌 쪽에 가깝게 살았다면 누군가는 판자촌을 내려다보는 타워팰리스에 살지 않았겠나. 그래서 학교에 다닐 때면 어느 회장님 아드님이 등교하는 것을 보기도, 교복을 겨우 마련한 아이가 등교하는 것을 보기도 했다.

나의 짧은 학창 시절, 강남 8학군에 속하는 학교에는 다양한 아이들이 함께 학교에 다녔다. 돈이 없어 급식비를 지원받는 아이(내 경우였다)와 급식비 한번 밀려본 적 없는 아이. 겨우 합기도장에 다니는 아이와 부모님의 권유로 골프

나 승마를 배운다는 아이. 아무 가방이나 메고 다니는 아이와 알고 보면 명품인 가방만 드는 아이. 그렇다고 나쁜 마음으로 차별하는 경우도 별로 없었고(차별이 있다면 그건 학생이 아닌 부모들끼리의 차별이었다) 대부분 좋은 마음으로 함께 학교생활을 했다. 교복의 존재에 관해선 개인적으로 반발심이 있지만, 교복은 들고 태어난 수저의 색과 상관없이 서로 어울릴 수 있었던 좋은 요인이었다. 돈이 얼마나 있든, 없든 같은 옷을 입고 지내야만 했으니까.

그러다 학교 밖을 나와 어울리기 시작하면서, 학교생활에서 느낄 수 없는 격차를 느끼기 시작했다. 좁은 집에서 옹기종기 사는 나와 달리 집에 가정부가 있고 대리석 타일이 깔려 있는 친구네 집. 내 방을 가져본 적 없는 나와 집이 너무 넓어 옷방에 손님방까지 있다는 친구네 집. 대학교를 생각하면 '등록비'를 먼저 걱정해야 했던 우리 집과 대학교를 생각하면 '좋은 대학'에 가는 것이 최고의 목표였던 친구네까지.

자퇴 후 나는 돈을 벌었고 잘 사는 친구들은 비싼 과외를 받아가며 좋은 대학에 들어갔다. 잘 사는 친구들은 등록금도 당연히 부모님이 해주셨고, 가끔 장학금을 받을 때면 그 돈을 용돈으로 쓴다고 했다. 좋은 옷과 좋은 가방을 선물로 받았고, 대학에 들어갔으니 부모님이 예쁘게 하고 다니라며 메이크업 학원까지 보내주었다고 했다. 카페에서 나와 마주 앉은 친구가 그 얘길 하는 동안 나는 아이스 아메리카노를 쭉쭉 들이켰다. 생각해보니, 이런 녀석에게 방금 내가 밥을 샀다! 이만 원은 넘게 나왔는데. 당시 최저 임금을 생각하면, 4시간은 일해야 벌 수 있는 돈이었는데. 쳇. 사준다고 할 때 얻어먹을 걸 그랬다.

그 밖에도 물려받을 건물이 있는 친구, 원정출산으로 이중국적을 가지게 된 친구, 대학에 가면서 자취방을 전세 혹은 매매로 부모님이 마련해준 친구. 여러 잘 사는 친구들이 있었다. 나는 물려받을 건물도, 다른 국적도 없이, 내가 직접 벌어서 자취방 월세를 내는 그들의 친구. 그런데 자꾸 내가 밥을 사고, 술도 사고, 커피까지 샀다. 생각해보면 내가 아무리 열심히 벌어도 친구네 집 전세금도 못 벌 것 같은데. 주변에선 그런 내 모습에 한마디씩 했다.

"야, 그냥 얻어먹고 살아!"

그래, 얻어먹는 거 좋지. 그렇게 말하고 싶었는데 또다시 친구를 만나 계산대 앞에 서는 순간 나는 카드를 들이밀고 있었다. 친구는 "아냐, 내가 살게! 만날 얻어먹는데!"라고 외쳤지만 나는 웃으며 "됐어, 다음에 사."라며 쿨한 척까지 했다. 결제되는 순간 핸드폰의 진동이 울렸고 술값으로 5만 원이 결제되었다는 것을 친절히 문자로까지 알려주는데 문득 생각했다. 어렵고 힘들게 번 돈이기도 하고, 재네들보다 돈도 별로 없으면서 나는 왜 자꾸 사는 걸까. 몇 번은 더 얻어먹어도 상관없을 것을 굳이 미리 나가서 몰래 결제하면서까지 사려고 하는 걸까.

'내가 안 사면 애들이 안 만나 줄 것 같아.'라는 찌질한 마음이 먼저 떠올랐다. 아무래도 가장 먼저 떠오른 것을 보면 그 찌질함이 마음의 큰 부분을 차지하는 것 같았다. 그런데, 이렇게 찌질한 마음으로만 밥을 사는 걸까. 나는 찌질해서 그 찌질한 마음을 가지고 있는 것도 사실인데, 그것보다 조금 더 큰마음이 있지 않을까.

나는 곰곰이 생각했다. '나는 돈을 벌고 있고, 친구는 학생이다. 나의 돈은 말 그대로 내 돈. 친구의 돈은 부모님이 주신 돈. 그렇다면 친구는 나를 만나기 위해 부모님의 돈을 써야 하는 것이 아닌가! 친구도 아닌 부모님에게 얻어먹다니! 그런 염치없는!' 찌질함을 염치가 이겼다. 나는 좀 찌질하지만 염치는 있는 친구였던 것이다.

염치 있는 나는 상대가 얼마나 잘 살든 - 건물이 있든, 용돈이 백만 원이든 - 상관없이 '나와 친구'라는 관계만 덩그러니 남긴다. 여기에 찌질함이 더해져 친구가 날 만나주지 않을 것 같다는 마음으로 "내가 살게!"를 외친다. 돈은 빠져나가지만, 염치를 지킨 마음은 편하다. 아무래도 앞으로도 이렇게 살 것 같다.

그래도 만약 얻어먹게 된다면 친구가 돈을 벌 때, 친구 돈으로 얻어먹을 작정이다. 염치를 강조해놓고 찌질해 보이겠지만, 내가 샀던 것보다 비싼 것을 얻어먹을 생각이다. 친구에게도 염치가 있다면(약간은 나와 같은 찌질함까지 더해지면 더 좋다), 내게 비싼 밥 한 번쯤은 사줄 수 있을 테니까. 서로에게 염치 있고 찌질하다면 금수저든 은수저든 흙수저든 친구로 남지 않을까.

건물주는 사양하겠습니다

"아휴, 사모님 오셨어요?"

꿈을 꾸었다. 꿈이라는 것을 알고 있는 꿈이었다.

집으로 올라가기 전, 일 층 상가에 있는 마트에 들리니 사장님이 조금 당황한 기색과 함께 친절하게 웃으며 인사했다. 나는 인사를 받으며 콜라를 샀다. 천이백 원을 현금으로 낸 뒤 잠시 마트 옆 떡집에 들러 떡도 샀다. 누구 하나 까칠하게 대하지 않고 친절하게 인사했다.

집으로 올라가는 길, 보이는 호수마다 누가 사는지 알고 있다. 101호에는 자취하는 젊은 남자가, 102호에는 할머니가 혼자 산다. 201호에는 부부가 사는데 강아지를 한 마리 키워서 계약할 때 동물을 키울 수 있는지 물었었다. 그 옆에는 결혼을 했는지 안 했는지 모르겠는 커플이 산다. 위층에는 애가 있는 가족이 사는데 아래층이 층간소음으로 가끔 내게 불평했다. 조금씩만 이해해 달라고 양쪽에 얘기했던 기억이 있다. 모든 것을 꿰고 있는 자신에게 감탄하며 생각했다.

'역시 건물주는 주님이라니까. 모든 것을 알잖아.'

내 집은 건물 가장 위층이었다. 보통 집주인은 가장 위층에 사니까, 꿈에서도 집이 가장 위층인가 보다. 꿈인데도 올라가는 길이 어쩐지 힘들다. 건물 지을 돈은 있으면서 엘리베이터 놓을 돈은 없었나 보다. 이왕 꿈이면 좀 더 부유하지. 그래도 건물주니까. 그렇게 계단을 올라갔다.

4층 문을 열고 들어가니 집이 넓다. 그래, 이게 건물주지. 그러다 전화가 울린다. 전화를 받았다. 나이가 지긋한 남성이 수화기 너머로 말했다.

"사모님, 이번 역 유치 회의에 오실 거죠? 다 저희 잘되자고 하는 일이니까 참여해주세요."

'그래, 건물 근처에 역이 생기면 좋지, 꼭 생겨야지.' 대답하자 나무에 강한 문구를 담은 현수막을 걸어야 하는데 돈을 달라고 한다. 역이 생기면 집값이 펄떡 뛸 테니 알겠다고 했다. 문구가 별로 내키지는 않았지만 그렇게 써야 효과가 있다니 그렇게 하라고 했다. 건물주가 되니 집값이 신경쓰이는 것은 어쩔 수 없나 보다.

이번에는 TV를 틀었다. 현실에선 가지지 못한 50인치짜리 평면 TV였다. 뉴스에선 '부동산이 어떻고, 집값이 어떻고, 집 사기 힘들다, 건물이 비싸다' 말이 많다. 보다 보니 조금 억울해졌다. 세금도 내는데 뭘 그리 빼가려고 하나. 그러다 또 전화가 왔다. 부동산이란다.

"사모님, 이번에 이 건물 사야 해요. 기회입니다, 기회."

돈이 있으니 이런 전화도 오는구나. 그래서 얼마냐고 물어보자 억억이다. '그래, 건물주인데, 뭐.' 사겠다고 말한 뒤 통장을 보자 엥? 돈이 없다. 알아보니 대부분 은행에 묶여 있다. 은행에선 건물을 담보로 대출을 받으라고 했다. 꿈치고는 너무 현실적이지 않나 싶다. 알겠다고 말하고 대출을 받으려는데 문득 이거 부동산 사기는 아닌가 약간의 의심이 들었다.

그러다 또 전화벨이 울린다. '대체 뭔 전화가 이리 많이 와.' 전화를 받는다. 이번에는 남편이다.

"수연아, 큰일이다, 큰일. 이 주변에 사건 났단다. 집값 떨어지는 거 아닌지 모르겠네. 뉴스에 나옴 안 되는데."

집값이 떨어지면 한 번에 다시 억억. 은행에 묶여 쓰지도 못할 돈이면서 괜히 억울한 기분이 들었다. 그런데 마저 다 억울하기도 전에 다시 전화가 울린다. 벌써 네 번째 전화다.

"저 101호인데요, 다음 달에 나갈게요."

101호가 이사를 한단다. 방을 내놓으려고 부동산에 전화했더니 다른 건물 얘기를 해준다. '뭐야, 건물이 하나가 아니었어?' 부동산에서는 내놓은 다른 집을 계약하고 싶다는 사람이 있다고 했다. 근데 도배, 장판, 전기 등 안 해주면 다른 곳을 알아보겠다고 한단다. 건물이 비어있으면 손해니 해준다고 했다.

도배, 장판 다 해준다고 말하자 계약하겠다고 답이 왔다. 부동산에 가서 계약을 하고 다음날, 계약금까지 넣고는 계약을 파기하겠다고 연락이 왔다. 아니, 이럴 거면 계약을 좀 신중하게 하던가. 심지어 계약금을 되돌려 받을 수 있는지 물어왔다. 안된다고 하면 그만이지만 귀찮다. '다시 사람을 구해야 하는 내 입장도 있지 않냐.'라고 말하니 알겠다고 하면서도 한편으론 욕하는 게 들리는 것 같다. 좋은 사람이 되고 싶기도 하지만, 새로 들어온다고 해서 주문해 둔 싱크대를 취소할 수도 없는 상황이다. '되돌려 주면 나도 손해다, 이 사람아.' 말하고 싶은데 말하면 더 쪼잔해지는 것 같다. 그러다 다시 전화가 울린다.

"저 죄송한데…, 이번 달까지만 봐주시면 안 될까요?"

'도대체 이 꿈엔 건물이 몇 개인 거야.' 또 다른 집에서 온 전화였다. 월세를 반년이나 밀려 이번에도 못 내면 나가라고 한 듯하다. 전화를 받으며 보증금과 밀린 월세를 머릿

속으로 계산했다. 더는 손해였다. 하도 사정해서 마음이 약해지지만, 계속 봐줄 수는 없다. 나는 하기 싫은 쓴소리를 했다. 이렇게 불편한 순간이 또 있을까 싶었다.

매일같이 오르락내리락하는 집값에 동네에 생길지도 모르는 역 때문에 싸우는 일, 나간다는 101호와 월세가 밀린 몇몇 집, 부동산에서 빗발치는 전화가 사기는 아닐까 하는 의심에 주차문제, 보일러 고장으로 오는 연락들에 머리가 아파졌다. 건물주가 되면 월세와 은행 이자로 여행이나 다닐 줄 알았는데 여기저기 전화가 빗발치며 걱정투성이였다. 이게 돈이 있는 삶인가. '이게 뭐야.' 그러다 눈을 떴다.

역시 꿈이다. 건물주가 되는 꿈이었다. 일어나서 천장을 보니 코딱지만 한 내 집이 맞다. 낡고 벌레가 끼어있는 천장 등을 보니 내가 사는 전세방이다. 휴대전화를 봐도 연락 온 곳이 없다. 통장을 보니 잃어버릴 돈도 없다. 문득 마음이 편해졌다. '아, 나는 나중에 돈이 많아도 건물주는 하지 말아야지.' 속으로 마음을 다잡았다.

저는 마음 편히 살랍니다. 건물주는 사양하겠습니다.

난 버리면 안 돼

때는 바야흐로 남편과 결혼한 후 얼마 되지 않았을 때. 그러니까 반지하 단칸방 시절. 남편이 가져온 짐과 내 짐이 복잡하게 섞여 집에는 짐이 한가득이었다. 좁은 집에 짐이 가득 차니 점점 생활할 수 있는 공간이 줄어들었다. 결국 우리는 서로의 게으름으로 미뤄진 대청소를 하기로 마음먹었다.

대청소를 위해 백 리터짜리 쓰레기 봉지를 두 개 산 뒤 집에 있는 짐을 모조리 꺼냈다. 단칸방에서 어찌나 많은 물건이 나오던지, 방 어딘가에 도라에몽 주머니와 연결된 통로가 있는 것이 분명했다.

나의 청소 이론은 이러했다.

'버려라! 언젠가 쓸 것 같으면 버리고 새로 사라!'

그런 패기로 나는 물건을 하나씩 들어 남편에게 일일이 쓰는 것인지 아닌지 물었다. 그런데 매번 남편의 반응에는 뭔가 아쉬움이 묻어 나왔다.

"그거 나중에 쓸 일 있지 않을까?"

"그거 엄마가 사준 건데…."

"그래서, 안 쓴지 얼마나 됐어?"

"좀 되긴 했는데…."

"버린다."

나는 아무런 고민 없이 쓰레기 봉지 안에 물건들을 넣었다. 남편이 도로 꺼내려 하면 정말 쓸 거 맞냐고 몇 번을 물었다. 근 일 년 내에 쓰지 않았다면 버리라고, 나중에 필요하면 그때 사라고 말했다. 남편은 끝까지 아까워했지만, 나는 가차 없었다. 이것들을 버리지 못하면 대청소는 그냥 청소가 되어버릴 게 분명했으니까.

그렇게 백 리터짜리 하나 하고도 반이 꽉 찰 무렵, 무엇이든 아낌없이 버리는 날 남편이 빤히 바라봤다. 무슨 말을 하려나 싶어 나도 남편을 빤히 봤다. 눈빛으로 '뭐?'라고 계속 묻자 남편이 작은 목소리로 말했다.

"수연아, 나는, 나는 버리면 안 돼."

남편은 무엇이든 못 버리는 성격이었다. '이건 이래서, 저건 저래서' 다 이유 있는 물건이었다. 하지만 내겐 통하지 않았다. '나중에 쓸 거면 나중에 사지, 뭐하러 지금 가지고 있나.' 이런 생각으로 칼같이 버리자 못 버리는 남편은 덜컥 겁이 났던 것이다. 그 말에 나는 무심하게 물건을 마저 버리며 말했다.

"하는 거 봐서."

그러나 남편이 모르는 것이 하나 있었다. 내가 버리지 못하는 것. 나는 돈으로 살 수 없는 것은 버리지 못했다.

이를테면 누군가 손으로 꾹꾹 눌러 쓴 손편지나 사진, 과거에 매일 듣던 단종된 앨범 같은 것은 버리지 못하는 물건이었다. 돈으로 살 수 없고, 의미 있고, 특정한 추억이 있는 것. 그것들은 버리면 돌아올 수 없는 것들이었다. 그리고 남편은 그중 가장 높은 곳에 있는, 돈으로 살 수 없는 최고의 것이었다. 함께 쌓은 경험과 마음과 시간이 담긴 사람. 나는 그 뒤 이어서 남편에게 알려주었다.

"버리는 것에는 기준이 필요해. 그리고 난 사람이 담긴 것은 버리지 못해. 손편지에는 그 편지를 써준 다른 이가 담겨 있고, 사진에는 사진 속의 사람이 담겨 있잖아. 내 추억이 담긴 것들에는 어린 시절의 내가 담겨 있고. 그러니까 버리지 못하는 것엔 그런 이야기를 해줘."

그 뒤, 남편과 함께 버리기 대청소를 하면 쓸모없어 보이는 것을 남기기 위해 서로의 추억을 얘기하기 시작했다. 이건 이런 추억이 담겨 있다, 이건 누가 주었던 것이다, 이 음악을 들을 때 나는 어떤 마음을 느꼈다 등. 그 말을 들으면 그 물건은 버릴 수 없는 것이 되었고 다시 제자리로 돌아갔다. '다시'가 될 수 없는 것은 '다시' 제자리로 돌아갔다. 물론 버리기 싫어서 괜히 무리해서 지어낸 이야기가 걸리면 다시 백 리터 종량제 봉투로 직행하기도 했다.

청소를 마치고 버린 것들을 다 내놓은 뒤 남편과 나는 집에 누워 버려지지 않은 것들을 보았다. 자주 쓰는 물건은 살아남았지만, 쓰진 않아도 살아남은 것은 서로와 서로를 찍었던 사진과 조금이라도 오래 함께하기 위해 말린 꽃과 선물들, 그리고 서로가 없었던 시간의 추억이 담겨 있는 작은 물건들이었다. 실은 가장 쓸모없는 것이지만, 좁은 집이라도 한편엔 이런 이야기를 담을 공간이 필요하지 않을까. 사람 사는 곳이 그런 거니까.

4장

베짱이는 뜬뜬
오늘도 일을 하네

시작의 뿌팟퐁커리

평소 향신료가 강한 음식을 좋아한다. 호불호가 강하게 갈리는 고수도 잘 먹는 편이고, 중국 음식부터 시작해서 인도, 태국, 멕시코 등 다양한 나라의 음식을 즐긴다. 물론 처음부터 잘 먹지는 않았다. 양꼬치도 향이 강해 즐기지 않았고 고수의 존재도 모르고 살았지만, 주변의 미식가들 덕분에 다양한 음식을 접하며 나도 어느새 향신료의 마스터가 되었다.

향신료라는 것은 처음의 낯섦을 가지고 있다. 느껴보지 못한 향이나 맛을 가지고 있으면서 그야말로 '이국적이다'라는 표현이 딱 들어맞는 낯섦이다. 아직 세상에는 내가 맛보지 못한 향신료가 많을 테고, 겪어야 할 향신료도 많겠지만 늘 나는 처음이라는 것에 거부감보단 신선함을 가지는 편이다.

뿌팟퐁커리의 시작도 설렘과 신선함이었다. 2018년 11월, 내 첫 책이 발간되었다. 매일 쓰던 일기를 투고했고, 출판사와 계약을 진행하고 책이 나왔다. 그간 나는 작가가 될 거라고 한 번도 생각해본 적 없었고, 계약 이후 출판사에서 보낸 이메일에 '작가님'이라고 적혀있는 것이 아직은 신기했다. 주변에서도 나를 아직 작가로 보지 않았고, 나 역시 작가라고 생각하기엔 어딘가 낯설고 부끄러웠다.

책이 나온 이후, 나를 담당했던 편집자님께 연락이 왔다. 책이 나왔으니 함께 식사를 한번 하자는 연락이었다. 계약하고 책이 나오기까지 함께 고생한 편집자님과 서로 수고했다는 말을 하는 자리이기도 했다. 나는 기쁜 마음으로 날을 잡았다. 아직 출간된 책을 택배로 받아보지 못해 내 책을 처음 보게 되는 자리이기도 했다.

약속 날, 합정역 근처에 있는 카페에서 편집자님을 만났다. 편집자님은 내게 막 출간된 책을 보여주었다. 책을 받아 드는데 뭔가 마음이 간질간질했다. 그렇게 보았던 원고인데도 책으로 보니 또 낯설었다. 한참이고 내 책에 정신이 팔려 있는데 편집자님은 작가님과 식사하라고 회사에서 법인카드를 받았다며 무엇을 먹고 싶냐고 물었다. 회삿돈이니 먹고 싶은 걸 사주시겠다고, 얘기만 하라고 하셨다.

그런데, 합정역에는 먹을 곳이 너무 많았다. 딱히 어디 하나 괜찮은 곳도 없고 그렇다고 모자란 곳도 없었다. 나와 편집자님은 합정역을 걸으며 계속 메뉴를 정하지 못했다. 그러다 눈에 띈 곳이 태국 음식점이었다. 쌀국수 같은 거 말고, 문 앞에 이상한 불상이 있는 정통 태국 음식점.

뭔가 다른 곳보다 조용히 대화를 나눌 수 있고, 평소 내 돈주곤 딱히 갈 곳 같지 않아 나와 편집자님은 그 태국 음식점으로 들어갔다. 그곳에는 첫 책만큼이나 낯선 메뉴들이 가득했다. 솔직히 태국어를 한국어로 적어놓았을 뿐이지, 그냥 태국어였다. 그나마 밑에 한국어로 대충 설명이 적혀있었지만, 쉽게 감이 오지 않았다. 무엇을 먹을지 결정을 하지 못하자 편집자님이 그냥 맘 편히 세트를 시켰다. 그때 나온 것이 뿌팟퐁커리였다.

시켜놓고도 시킨 음식이 무슨 맛인지, 어떻게 나오는 건지 몰라 편집자님과 멀뚱히 음식을 기다렸다. 그리고 뿌팟퐁커리가 나왔다. 다소 생소한 비주얼로 달걀 카레 같은 것이 게 위를 덮고 있었다. 냄새도 뭔가 '태국!' 하는 느낌이었다. 용기 내서 한 입 먹었다. 맛있다. 맛있었다.

뿌팟퐁커리는 낯설지만 어쩐지 익숙한 맛이기도 했다. 카레라는 마법의 향신료가 들어갔으니 맛이 없기가 더 어려울 것이다. 게다가 게라니. 맛없을 수 없는 게라니. 그야말로 맛있는 조합이었다. 게를 까서 먹는 것이 귀찮았다는 것만 빼면 잊을 수 없는 음식이었다.

대화를 하다가도 게를 까느라 말을 잊곤 했지만, 결과적으로 맛있게 먹었다. 사이드로 나온 볶음밥도 괜찮았다. 그간 함께 일하면서도 잘 알지 못했던 편집자님의 이야기도 들을 수 있었다. 곧 아이가 태어난다거나, 우리 남편과 동갑이라는 정보나, 기한 안에 책을 내기 위해 며칠을 함께 밤새며 이메일을 주고받은 추억도 이야깃거리 중 하나였다.

식사를 마치고 편집자님은 법인카드를 꺼내 계산했다. 그리고 다시 근처의 펍에서 맥주 한 잔을 하고 돌아왔다. 돌아온 내 손엔 생애 첫 책이 쥐어져 있었다. 편집자님은 대화 내내 내게 작가님이라고 했다. 그때가 시작이었다. 작가로서 글을 계속 쓰는 사람이 된 시작. 뿌팟퐁커리와 함께 한 시작.

아직도 뿌팟퐁커리를 떠올리면 처음 책을 만난 순간이 떠오른다. 손안에 자식 같은 책이 쏙 들어와 가방에 들고 가는 내내 근질거리는 설렘. 입안에 남은 낯선 향신료의 냄새. 평소에 먹을 것이라 생각지도 못한 음식과 나올 것이라 생각지도 못한 내 책. 첫 책이 무슨 맛이냐고 물어본다면 뿌팟퐁커리라고 대답할 것이고, 그게 도대체 뭐냐고 물어본다면 겪어봐야 알 수 있는 것이라고 대답할 것이다.

낯설었던 향신료가 이내 익숙해지며 맛있다고 느껴지듯, 작가란 내게 낯섦에서 인생에 빠질 수 없는 향신료가 되어가고 있다. 글을 쓸 생각만 하면 하루의 작은 일상마저 독특하고 새롭게 보인다. 어느 것 하나 빠질 수 없이 지나치지 않고 음미할 수 있는 마법의 향신료가 글쓰기이고 작가의 마음이다. 마치 쌀국수에 고수가 들어가야 제맛이고, 양꼬치엔 쯔란이 필요하고, 뿌팟퐁커리에는 카레가 빠질 수 없듯이.

직업은 이상하게 흐른다

"한 분야에서 십 년간 일하면 전문가가 된단다."

어릴 적, 나를 가르치던 선생님이 말했다. 그러면서 이어 내게 말했다.

"근데 너는 십 년 뒤에 뭘 할지 정말 궁금하다."

그때는 별생각 없이 들었던 그 말을 지금 돌이켜보면 그 물음은 진짜 궁금함, 즉 정말 내가 뭐가 될지 모르겠다는 의미였다. 워낙 이것저것 다 해보는 성격이다 보니 학생을 수십, 수백 명 가르쳐본 선생님들조차 내가 나중에 뭘 할지 감이 안 오셨던 것 같다. 그러면서 한편으론 얘가 이것저것 하다 뭣도 안될까 봐 걱정하신 듯하다.

어릴 적의 나는 호기심도 많고 하고 싶은 것도 많았다. 미술대회에 나가서 상을 타고, 과학경시대회부터 라디오 만들기, 과학상자, 라인트레이서 대회, 발명대회 등 여러 대회에 나가서 또 상을 탔다. 그러다 몸이 약해서 시작한 합기도에서도 대회를 나가며 선수 생활을 삼 년 정도 했다. 공부도 하고, 운동도 하고, 가끔 그림도 그리는 중학생인 내게 수학 학원 선생님이 면담을 하자고 하셨다. 그리고 나를 붙잡고 말했다.

"너는 공부만 하면 충분히 좋은 대학 갈 수 있는데 왜 그러니. 운동이나 다른 거 그만두고 이제 공부만 해라. 이제부터 준비하면 수학 1등급도 가능해."

"저 음악 할 건데요?"

돌연 나는 음악을 하겠다며 모든 학원과 대회 준비를 때려치웠다. 그만둔 게 아니라 진짜 때려쳤다. 덕분에 교무실로 계속 불려 갔다. 과학 선생님은 과학을 하라고, 체육 선생님은 운동을 하라고, 담임 선생님은 성적이 왜 떨어지냐고 돌아가며 한마디씩 했다. 그러나 내 고집을 꺾을 수는 없었다. 나는 그 뒤 '십 년이면 전문가가 된다.'는 말을 믿고 음악만 하기로 했다.

그런데 음악을 할 때도 내 버릇은 어디 가지 않았다. 기타를 배우면서 작곡을 배우고 피아노를 배웠다. 음악이라는 틀 안이니까 다 배우면 좋지 않나 싶어서 또 이것저것 배웠다. 그때 나를 가르치는 선생님들도 내가 뭘 할지 감을 못 잡았다. 기타를 가르치는 선생님은 기타로 대학을 가는 것이 어떻겠냐고 물었고, 작곡을 가르치는 선생님은 작곡을 해야 한다고 말했다. 근데 생각해보니 피아노를 치라고 하진 않았다. 피아노는 못 쳤나 보다.

그런데 나의 길은 또 엉뚱하게 흘렀다. 스물하나에 사운드 엔지니어로 취업을 한 것이다.

사운드 엔지니어가 무슨 일을 하는지도 잘 모르는 채로 스튜디오에 무작정 메일을 보냈었다. 일을 정말 하고 싶은데, 만나 뵐 수 있냐고. 그렇게 무작정 메일을 보낸 스물하나에게 대표님이 만나보자고 했다. 그냥 한 번 패기로운 청년을 만나보자는 마음이었을 것이다. 그런데 나를 만난 그

주에 회사에서 일하던 모든 직원이 한꺼번에 그만두는 사태가 일어났다. 일할 사람이 모두 없어진 상황에서 나는 그곳에 취업을 당했다. 갑자기 와서 일하라는 연락을 받은 것이다.

그 뒤, 나는 사운드 엔지니어가 되어야 했다. 알지도 못하는 프로그램을 써야 했고, 해본 적도 없는 마이킹을 해야 했고, 음향 장비 설치도, 믹싱도 해야 했고, 마스터링도 해야 했다. 보는 이에게 낯선 단어들이라고 느껴질 만큼 내게도 낯선 일이었다. 처음 들어보는 단어가 가득했고 처음 해보는 일이 가득했던 직장이었다.

생각하지도 못한 직업이었지만, 생각보다 잘 맞았다. 어릴 적 기계를 다룬 기억으로 음향 기계에 친숙했고, 작곡을 배우면서 익힌 편곡이나 편집, 사운드 디자인이 믹싱을 할 때 도움이 되었다. 가끔 케이블을 만들 때면 납땜을 거침없이 했다. '배워서 남주는 건 없구나.' 그렇게 생각했다.

나름 만족스러운 성과에 나는 이제 드디어 내 적성에 맞는 직업을 찾아냈다 싶었다. '여기서 십 년을 일하면 진짜 전문가가 되겠지. 녹음도 기가 막히게 하고 위상이 틀린 것도 다 잡아내고 박자마다 딜레이를 계산할 줄 아는 그런 전문가. 척하면 딱 해내는 이 분야의 전문가.'

그런데 인생은 또 이상하게 흘렀다. 엔지니어만 할 줄 알았던 내가 아프면서 일을 할 수 없게 되었다. 병원에 입원했으니 당연히 출근을 못 했고 일 년이 넘는 공백은 다른 사람이 채웠다. 돌아갈 곳이 사라졌다. 마치 인생이 끝난 것 같았다. 드디어 내 길을 찾았다고 생각했는데, 이게 나의 전부 같았는데….

그래도 인생은 끝나지 않더라. 진짜 끝날 뻔하기도 했지만, 인생은 낙담했던 것이 무색할 정도로 새로운 길로 흘러갔다. 병원에 입원하면서 매일 쓴 일기를 주치의 선생님이 읽었고 책으로 내는 것이 어떻겠냐며 권유한 것이 진짜 책으로 나와 작가가 된 것이다. 한 번도 생각하지 못한 직업에 나는 당황스러웠다. 이토록 통일성 없는 인생이라니, 나는 전문가가 될 사람은 아닌 걸까.

지금 글쓰기 전문가냐 아니냐 물으면 딱히 대답하긴 어렵지만, 글을 쓰는 일을 좋아한다고는 확실하게 말할 수 있다. 마음이 편하면서 하고 싶은 대로 창작을 해낼 수 있는 무궁무진한 일이다. 음악만 표현의 방법이라고 생각한 내게 찾아온 또 다른 표현방식에 푹 빠져들고 있다. 글을 쓰는 것도 즐겁고, 글을 읽는 것도 즐겁고, 글 쓸 궁리도 즐겁다.

나에 관해 솔직하게 얘기할 수 있는 완벽한 공간, 아프다고 말해도 아무도 '쉿!'이라고 하지 않는 공간. 이건 완전 소 뒷걸음치다 쥐 잡는 격이었다.

지금은 작가로서 살아가는 내게 어느 날 한 학생 독자가 물었다.

"저는 하고 싶은 일이 너무 많아서 뭘 할지 모르겠어요. 다른 사람은 다 자기 길을 정하는데, 전 뒤처진 것 같아요."

이것저것 하다가 어른이 되어 생각지도 못한 직업을 가지게 되었다는 것만 제외하면 딱 내 학창시절이었다. 동시에 '어쩌면 나도 다른 사람에 비해 작가로서 뒤처진 게 아닐까? 남들보다 늦게 시작했고 글쓰기를 배워본 적도 없으면서 이 일을 하는 것이 괜찮은가?' 고민하기도 했다. 그러나 그런 나이기 때문에, 나만이 쓸 수 있는 글이 있지 않을까. 그런 경험이 없었다면 지금 내가 글을 쓸 수 있었을까.

"너무 하나만 보고 가다 보면, 그게 막혀버렸을 때 어찌할 바를 모르게 되더라고요. 하고 싶은 거 다 해봐요. 정하지 말고, 부담 느끼지 말고요. 뭐라도 되겠죠."

좀 무책임해 보이는데, 뭐라도 되지 않겠나. 살아있는데 뭐라도 안되면 백수라는 것도 직업으로 둘 수 있지 않을까. 하고 싶은 일 마음껏 하면서 후회 없으면, 그런대로 잘 산 거 아닌가. 하고 싶은 걸 몰라도 오늘 하루 잘 보냈으면 충분하지 않나. 뒤처지면 어떻나, 내 속도대로 살아가는 거지. 필요 없을 것 같은 기억들을 가지고 지금도 글을 쓰고 있는데.

아차, 뜨뜻미지근하다고 느껴지려나. 그런데 미리 얘기했지 않습니까. 나는 뜨뜻미지근한 사람이라고요.

뜨뜻미지근 하네.

베짱이는 뚠뚠 오늘도 일을 하네

나의 직업은 작가. 더 정확히 말하면 프리랜서. 그런 나는 대부분 자고 싶을 때 자고, 일어나고 싶을 때 일어난다. 남들이 일하고 있을 때 유유히 놀러 나가고, 일 년에 한두 번 있을 휴가를 마음대로 정할 수 있다. 부러운가? 부러우면 지는 건가?

그런데, 실상은 별로 부러울 일이 아니다. 남들 일할 때 논다는 것은 남들이 놀 때 일한다는 의미이다. 오히려 쉬는 날이 정해져 있지 않아 한 달에 쉬는 날이 이틀밖에 되지 않을 때도 있다. 그냥 쉬면 되지 않느냐고? 아니, 만날 놀면 그게 백수지 직업이라고 하겠는가. 직업이라는 것은 늘 직업이라는 단어가 붙을 만한 책임감이 필요한 것이 아닌가.

대충 나의 일주일은 이러하다. 다른 분야와 협업하는 일 회의가 일주일에 두 번. 회의를 하면 실행에 옮겨야 하니 그 작업 일주일에 한두 번. 작가라는 타이틀을 달고도 글 쓰는 법을 모르겠어서 함께 글 쓰는 수업 일주일에 한 번. 사람도 만나야 하니 약속이 일주일에 두세 번. 매일 영상 편집과 SNS, 글 쓰는 페이지 관리와 일기 쓰기. 일기를 쓴 뒤에는 랜덤 단어로 문단 쓰기 한 번. 모르는 단어 있으면 사전 검색은 필수. 그리고 작가니까 책 읽기 추가. 책을 읽었으니 서평 쓰기 또 추가. 글 쓰는 수업에 쓸 원고와 다음 책 원고도 또 추가. 그러다 보면 일주일이 간다. 요즘 회사는 주 40시간 근무라는데 40시간쯤은 가볍게 뛰어넘는 일이다.

하나 더 비교하자면 돈. 회사원들은 월급을 받는다. 제때 통장에 일정 금액이 찍히게 되어있다. 그런데 나는 월급이 없다. 내가 책을 일주일에 다섯 권 읽고 매일 원고를 써도 월급 따윈 없다. 독서는 자기계발에 가깝고 누군가 보상해 줄 일도 없다. 돈이 들어오는 것은 일 년에 네 번. 분기별로 정산되는 인세와 가끔 있는 강연료. 그나마도 강연이 없거나 책이 안 팔리면 못 받는 돈인 것이다.

그런데도 꿋꿋이 매일 해야 하는 일을 한다. 일을 하다 보면 마음속으로 한 음악이 울려 퍼진다.

"개미는, 뚠뚠. 오늘도, 뚠뚠. 열심히 일을 하네."

사람들이 보기에 나는 베짱이겠지만, 베짱이도 나름 개미처럼 일하고 있는 것이다. 매일 기타 치고 노래하는 것이 얼마나 힘든가. 하나를 노래하기 위해 매일 발성 연습과 가사를 외우는 일 또한 얼마나 힘든가. 누가 베짱이가 노력하지 않는다고 말하나! 절대 욱한 것이 아니다. 아닙니다. 아니라고요.

그런데 베짱이는 얼어 죽는다. 어떤 버전의 이야기에선 개미가 도와주는데 어떤 이야기에선 얼어 죽는다. 현실로 따지자면 지금의 나와 비슷하다. 나는 자신이 하고 싶은 일에 개미처럼 최선을 다한다. 그러나 돈은 못 번다. 그럼 겨울이 오면 얼어 죽는다. 혹은 얼어 죽지 않기 위해, 벌기 위해 베짱이 짓과 개미 짓을 같이 한다.

하고 싶은 일을 하지 않느냐고 물으면 딱히 할 말은 없다. 그런데 하고 싶은 일도 일이고 하기 싫은 일도 일인데 왜 하고 싶은 일은 돈을 벌기 힘들까? 내가 돈을 잘 버는 일을 하고 싶었다면 돈을 벌었을 텐데, 돈을 못 버는 일을 좋아한다고 이렇게 가혹할 수 있나.

여기까지 프리랜서의 슬픔이고, 사실 말하고 싶은 것은 기쁨이다. 이제 와서 이렇게 얘기하면 그다지 설득력이 없어 보이겠지만, 그렇게 돈 못 벌고 일을 많이 해도 이 일을 고집하는 이유가 있다. 첫째는 당연히 내가 좋아하는 일이어서이고, 둘째는 글 쓰는 삶이 마음에 들어서이다. 돈 좀 못 벌고 매일같이 일해야 해도, 그것이 가장 큰 이유이다.

처음에는 나도 제때 일어나고 제때 출근하고 제때 밥 먹는 것이 '괜찮은 삶'이라고 생각했다. "역시 남들 쉴 때 쉬어야지!"라고 말하는 많은 사람들에게 혹한 것이다. 나도 그런 삶을 살기 위해 노력했었다. 회사 생활도 해보았고 아르바이트도 여럿 해봤다. 그러나 그 삶이 내게 알려준 것은 '너 이러다 죽어!'였다.

중학교 때부터 나의 꿈은 음악을 통해 돈을 버는 것. 그리고 음악을 시작한 뒤로 육 년 만에 그 꿈을 이뤘다. 앞서 얘기한 대로 음향 회사에 취직한 것이다. 음악 하나만 바라보고(실은 여기저기 한눈도 좀 팔았지만) 계속 달려왔던 나는 음악을 통해 돈을 벌기 시작했다. 매일같이 음악을 듣는 것이 일이었고, 훌륭한 아티스트와 작업할 수 있었다. 그러면 행복할 줄 알았다. 하지만, 현실은 달랐다.

매일 출근하는 동시에 퇴근하고 싶었다. 아무것도 모르는데 무작정 해야 하는 일이 쌓여갔다. '어떻게든 해라'라는 방식은 나를 피 말리게 했다. 이건 뭐, 회사의 잘못도 있다고 생각하지만, 하고 싶은 일을 하면서도 매번 시간에 쫓기고 야근을 하면 한숨이 푹푹 나오는 삶, 출근하는 동시에 퇴근을 꿈꾸는 삶이라니. 아무리 성장해도 생겨나는 문제와 일들에 나는 결국, 출근길에 차에 치였으면 좋겠다는 생각까지 하기 이르렀다.

'분명 하고 싶은 일이었는데, 나는 이 일이 너무 좋은데 왜 이런 걸까. 이 일을 하기 위해 얼마나 꿈꾸고 노력했는데, 내 마음이 바뀐 걸까? 고작 몸이 힘들다고 오랜 꿈을 포기해도 되는 걸까.' 하며 자책했었다. 지금 생각해보면 삶의 형태가 나와 맞지 않는 것이었는데, 어린 경험으로선 그런 생각밖에 할 수 없었다. 결국, 더 공부하고 싶다며 어렵사리 퇴사하고 프리랜서로 전향했다.

사실상 일하는 시간은 회사에 다닐 때보다 많고, 버는 돈은 회사에 다닐 때보다 적다. 하고 싶은 일이라는 것은 같은데 그렇다. 그런데 나는 더 만족한다. 밤늦은 시간까지 책을 읽고 해가 뜨는 것을 보며 하루를 마무리하는 일, 사람들이 자는 시간에 남편과 드라이브를 하는 일, 북적이지 않는 미술관이나 여행지를 갈 수 있는 이 일을 즐긴다. 여유 있다는 마음도 큰 부분을 차지하지만 무엇보다 내 삶의 시간을 찾은 느낌이다. 나와 맞는 나만의 하루와 시간.

사람마다 각자 삶의 시간이 다르다. 아침 여섯 시에 딱 일어나 밥 먹고 일하는 사람도 있고 나처럼 하루에 한 끼 먹고 새벽에 일하는 사람도 있다. 서로 "어떻게 그러고 살아?" 하고 묻는데 사실 둘은 똑같다. 자신과 맞는 하루에 사는 것이다. 우리는 서로 다르니까 우리가 살아가는 똑같은 시간 속에서도 다르게 살아갈 수 있는 것이다.

만약 나의 삶이 너무나 힘들다면, 이상하게 불만족스럽고 하고 싶은 일을 해도 가슴이 턱턱 막혀온다면, 내가 나와 맞는 시간을 살고 있는지 돌아볼 가치가 있다(고 말하고 싶다). 남들이 정해놓은 시간이 나와 맞는 것인지, 나와 무엇이 맞는지 되돌아보면 조금은 '내가 편한 삶'을 찾아낼 수 있지 않을까. 나는 나의 하루가 있다. 당신에게도 당신만의 하루가 있지 않을까.

후회하지만, 후회하지 않는 일

내가 항상 후회하면서도 저지르는 일이 있다. 힌트를 주자면 글을 쓰는 일은 아니다. 조금 더 힌트를 주자면 사람들 앞에 서는 일이다. 조금 더! 힌트를 주자면 작가와 관련된 일이다. 이 정도면 알아챘겠지? 바로 강연이다.

대부분 이 일은 어쩌다 마주한 이메일로 시작한다. 프리랜서의 필수인 이메일 체크를 매일 몇 번씩 하는데, 어느 날 낯선 이메일이 온 것을 보면 두근댄다. 이번엔 어떤 사건이 기다릴까. 이메일을 클릭해서 열어보면 제안이 들어와 있다. "작가님을 강연에 모시고 싶습니다". 정중하게 써 내려간 글에 정중하게 답한다. "제안 감사합니다. 참여하도록

하겠습니다.” 이 무난한 시작이 나의 후회를 알리는 신호이기도 하다.

강연에 필요한 서류를 주고받고 스크립트를 쓰는 동안에는 잠깐의 설렘이 있다. 가뭄 같은 입금 명세에 단비가 내리겠구나 싶기도 하고, 나를 찾아주는 이가 있다는 것에 조금은 기쁘다. 강연 전에 먼저 스크립트를 쓰는데, 누군가에게 하고 싶은 말을 표현하는 것이 얼마나 가치 있는 일인지 느끼면서 들뜨기도 한다.

그러나 기쁨은 거기까지다. 강연이 잡힌 날부터 나는 이름하여 ‘강연병’에 걸린다. 스크립트를 다 쓰고 말하는 연습에 들어가기 시작하면 매일 후회한다. ‘하지 말 걸 그랬어.’, ‘내가 왜 이걸 한다고 했을까?’ 하면서 앓는 소리를 낸다. 사람들을 만날 때에도 계속 강연 얘기를 한다. “강연이 열흘 남았어.”, “일주일 남았어”. “나흘, 사흘, 아니, 내일이야! 어쩌지!”

음향 일을 할 때도 무대에 오르는 사람보단 무대 뒤에서 아티스트를 빛나게 해주는 일이었기에, 내게 사람들 앞에 서는 일은 굉장히 부담스러운 일이다. 항상 검은색 티셔츠를 입고 무대 뒤에서 뛰어다니기만 했지, 내가 그 무대에

설 거라고는 생각하지도 못했었다. 게다가 대학도 안 나왔으니 제대로 된 PPT 한번 만들어 본 적도 없고, 발표도 해본 적 없다. 그런 내가 무대에서 강연을 해야 하다니! 그야말로 부담스러움의 극치이다.

부담은 곧 불안을 남긴다. 강연병의 증상 중 하나는 매 순간이 불안해지고 강연 내용을 수십 번씩 떠올리는 것이다. 밥을 먹다가도 강연 생각에 입맛이 떨어지고, 불안해서 술이 당긴다. 그런데 술을 먹으면 연습을 하기 어려우니 또 마시지는 못한다. 그렇게 불안 속에서 글도 손에 안 잡힌다. 차라리 기고를 하라고 하지, 강연이라니. 괜스레 섭외한 (그러나 감사한) 사람들을 원망도 해본다.

그럴 때 내가 선택한 강연병 극복 방법은 바로 연습. 불안할 때마다 강연 연습을 한다. 아무리 연습해도 강연일에 실수하면 도루묵이지만, 어찌 됐든 미래의 내가 실수를 할지, 안 할지는 모르는 일이니 지금의 내가 할 수 있는 것은 오로지 연습밖에 없다. 불안하면 일어나서 강연 내용을 처음부터 외우기도 하고 시간도 재본다. 가끔은 녹화해서 보기도 하고 내용을 다시 정리하기도 하면서 마음을 다잡는다. '이렇게 노력했으니, 못 해도 어쩔 수 없는 거야.' 그렇다. 마음의 합리화를 위해 열심히 연습하는 것이다.

첫 스피치 때도 그랬다. 처음으로 사람들 앞에 서야 한다는 것이 너무나 떨리고 불안해서 연습을 미친 듯이 했다. 혼자서 수십 번씩 말해보고, 녹음도 해보고, 메트로놈을 켜고 천천히도 말해보고, 가족 앞에서 스피치를 하기도 하고, 나름 열심히 노력했다. 나중에는 꿈에서조차 연습을 해서 잠꼬대로 스피치 내용을 읊었다고 남편이 증언할 정도였다. 누군가 그랬지. 영어를 공부할 때 최고의 경지는 꿈에서 영어를 하는 거라고. 나의 어마어마한 불안은 나를 그 경지까지 만들었다.

그렇게 연습을 하고 사람들 앞에 서는 날. 나는 연습한 덕택인지 긴장을 전혀 하지 않긴… 커녕 주최 측에서 걱정할 정도로 떨었다. 커피 한 잔을 사주며 잘 부탁한다고 얘기하는데 커피를 받아 드는 손이 너무 떨려서 주최 측에서 저러다 쓰러지는 거 아닌가 걱정할 정도였다. 사회를 보고 내 소개를 하는 동안에도 너무 떨어서 심장이 튀어나올 것 같았다. '역시 하지 말걸!' 깊은 후회를 했지만 이미 늦었다. 나는 그렇게 사람들 앞에 섰다.

연습한 덕인지, 그냥 운이 좋았던 건지, 그날 나는 큰 실수 없이 무대에서 말하고 내려왔다. 비록 나중에 녹화한 영상을 보니 눈동자가 심하게 흔들리고 있었지만, 말을 하는 것엔 큰 실수가 없었다. 그걸 시작으로 가끔 강연이 들어왔고, 나는 수락했다. 후회할 걸 알면서도 수락했다. 왜냐하면 마치고 난 뒤의 시원한 마음을 맛봤기 때문이다.

내가 말을 모두 마치고 사람들에게 인사를 하는 순간, 박수가 쏟아졌다. 그냥 예의상 치는 박수일 수도 있는데, 그래도 다들 박수를 치고 내 이야기를 집중해서 들어줬다. 누군가는 심도 있는 질문으로 나에 관해 더 묻기도 했고 누군가는 따로 찾아와 내게 편지를 전해주기도 했다. 그런 경험들은 후회할 것을 알면서도 다시 겪고 싶은 일이었다. 후회하지만, 그만큼 가치 있는 일. 해내고 나면 후회할 리 없는 일.

지금, 강연을 사나흘 남긴 나는 강연병에 걸려 이 글을 쓰고 있다. 40분 강연에 PPT조차 없이 혼자 무대에 서야 한다. 사실 이 글을 쓰는 동안에도 나는 계속 후회하고 있다. '그냥 하지 말걸. 그거 뭐 얼마나 한다고.' 그러나 이 후회를 마주하지 않으면 나는 더 큰 후회를 할 것 같다. 영원히 강연을 피해 다니면 무대에서 내려왔을 때의 그 감정을 다시는 느끼지 못할 테니까. 그 보람과 후련함과 괜스레 따듯해지는 마음을.

아직 강연이 어려운 나는 미래의 후회를 이겨내기 위해 지금의 작은 후회들을 겪어내야 하지만, 언젠가 나도 강연병 없이도 강연을 하는 사람이 될 수 있지 않을까. 불안한 마음은 노력으로 메울 수 있다. 그러니까 나는 이 후회를 견뎌보려 한다.

잊혀진 원고가 모이는 섬

중학교 때, 좋아하던 오빠가 기타 치는 사람이 좋다고 해서 기타를 배우기 시작했다. '좋아하는 사람이 좋아해 주길 바라서 음악을 시작하다'라니, 참으로 단순한 이유였다. 그 오빠와는 사귄 지 두 달 만에 헤어졌지만, 음악과는 헤어지지 않았다. 그렇게 열일곱에는 밴드부에서 기타를 쳤고, 스무 살 무렵까지 심심하면 기타를 잡았다.

한창 기타를 치던 때, 이상하게 늘 잃어버리는 것이 있었다. 그것은 기타 피크. 기타를 치기 위한 작은 플라스틱 조각인데 지갑에도, 기타 가방에도, 사물함에도 피크를 넣어두었지만 반드시 잃어버렸다. 이 기타 피크의 가출은 나만의 문제가 아니어서 음악 커뮤니티에는 '잃어버린 피크가 모이는 섬'이 있고 기타 피크를 가져가는 요정이 있다는 얘기까지 나왔다. 요정이 피크를 이리저리 주워가 그 섬으로 보낸다는 것이었다. 그렇게 피크를 섬으로 보내고 기타리스트가 새로운 피크를 잔뜩 사면 다시 요정이 하나둘 주워간다고 했다. 이와 비슷한 곳으로 머리끈이 모이는 섬, 케이블이 모이는 섬 등이 있었다.

잃어버린 피크가 모이는 섬. 참 재밌으면서도 사랑스러운 섬이라고 생각했는데, 글을 쓰다 보니 '잊혀진 원고의 섬'도 있는 것이 분명하다는 생각이 들었다. 출판되지 못한 잊혀진 원고들이 모이는 섬인데, 실수로 지워진 원고들 역시 이곳으로 모이는 상상을 했다. 그곳엔 분명 내가 실수로 날려 먹은 원고지 200매 분량의 원고와 아직 출판될 기미가 없는 내 원고가 '날 잊은 거야?'라는 그렁그렁한 눈빛으로 나를 바라보고 있겠지. 으윽. 마음이 아프다. 잊지 않았어. 잊지 않았다고.

그런데 생각해보면, 모든 원고가 다 책으로 나오기는 힘들다. 무엇이든 엮으면 책으로 만들 수야 있겠지만, 분명 스쳐 지나가는 원고도 있다. 지금 내가 쓰고 있는 칼럼이

나 서평 역시 책으로 묶기 위해 쓰진 않는다. 어떻게든 머리를 굴려 가며 열심히 쓰고는 있는데 솔직히 '책으로 나오지도 않을 걸 왜?'라는 생각도 스친다. 오늘 출근길엔 "어휴~ 하기 싫어~."를 흥얼거렸고, 이 글을 쓰면서도 "돈도 못 버는 일을 왜 하는 걸까~." 노래를 불렀다. 그런데 보다시피 지금도 쓰고 있다. 그래서, 왜? 잊혀질 원고의 섬으로 보낼 것들을 왜 쓰는 걸까. 지금 내가 뭘 하고 있는 걸까.

다시 음악으로 돌아가 생각해보았다. 그동안 피크를 수 없이 잃어버렸지만, 피크와 함께 연습했던 기억까지 잃어버리진 않았다. 기타를 놓은 지 수년이 되어가지만 여전히 기타를 잡으면 자연스럽게 스트로크가 된다. 리듬을 들으면 대충 따라 칠 줄도 안다. 기타를 아예 치지 않았다면 나오지 않았을 자세 또한 떡하니 나온다. 음정이 틀린 것도 알아채고 튜닝도 한다. 만약 피크와 함께 연습한 기억도 '사라진 피크의 섬'으로 향했다면, 절대 남아있지 못했을 것이지 않을까.

잊혀진 원고의 섬도 마찬가지다. '책'이라는 결과물로 나오지 못하더라도 내 안에서 무언가를 계속 변화시킨다. 그것이 '퇴고 잘하는 법'이나 '설득력 있는 글 쓰는 법'이라거나 '꾸준히 쓰는 법'인지 아닌지는 솔직히 모르겠다. 기타를 연습할 때 실력이 느는 것을 확연히 느낄 수 없듯, 쓰는 동안에는 뭐가 변화하는지 잘 모른다. 그러나 가끔 '잊혀진 원고의 섬'의 원고를 들출 때 부끄러움에 얼굴이 붉어지면, 내가 어딘가 변화하긴 했구나 싶은 마음이 든다. 언젠가 지금 쓰는 이 글도 부끄러워하리라 생각하면 오기도 생기고 기분이 좋아지기도 한다.

잊혀진 원고의 섬에 불필요한 원고는 없다. 비록 실수로 날려 먹어 흔적도 안 남은 원고라 해도 내 안에 저장하는 습관을 남겼다. 잊혀진 원고의 섬으로 향한, 아주 처참하게 망한 내 첫 서평도 기세등등하게 "내 덕분에 너희도 쓴 거라고!" 하고 외치고 있을 것이다. 비록 망한 글이었지만, 첫 서평이 있었기에 다른 글을 쓸 수 있었으니까.

지금쯤 아마 수많은 원고가 어울려 수다를 떨고 있겠지. 내 원고는 나를 무어라 말하고 있을까? "요즘 좀 게으르지 않아? 정신 좀 차려야 하는데.", "심심하다. 새로운 글 안 들어오나?" 하며 수다를 떨고 있지는 않을까. 그곳으로 새롭게 향하는 원고들은 무얼 가지고 향하고 있을까.

누가 시키지도 않는데 왜 일하는 걸까?

나에게는 항상 고용주가 있었다. 아르바이트로 생활비를 벌 때는 사장님이 있었고, 회사에 다니던 시절에는 대표님이 있었고, 퇴사 후 프리랜서로 전향했을 때도 계약으로 고용된 을의 처지였다.

을은 늘 일할 것 천지다. 이 일을 끝내면 다음 일이 주어지고 내일 다시 출근하면 또 그날의 일이 기다린다. 그 일을 다 못하면 야근이다. 내가 일을 찾지 않아도 계속, 끊임없이 일이 주어지는 것이 을이었다. 일 주는 사람 따로, 일하는 사람 따로. 그중 을은 일하는 사람인 것이다.

여러 고용주를 거치고 책을 내면서 작가의 삶으로 들어

왔다. 처음 출판사와 계약하는데 저자는 계약서상 갑이었다. 생애 처음 갑이 된 상황. 별로 의미 없는 갑과 을이었지만, 출판사에서는 진행 상항이 있을 때마다 나에게 의견을 묻고 조율했다. 이것이 갑의 관점일까. 허락을 받는 처지에서 허락을 하는 미묘한 위치.

책이 나오고 나서 내 인생에 고용주가 사라졌다. 작가라는 직업은 있지만, 출판사와의 약속을 잘 지키기만 하면 그 밖에 문제 될 것은 없었다. 누군가가 내게 새로운 원고를 쓰라고 압박하지도 않았다. 반드시 다음 책을 써야 하는 것도 아니었다. 원고 청탁이 들어오는 경우엔 마감이 있었지만, 그마저도 대부분 일회성이라 일주일이면 끝이었다. 고용주가 없는 세상이라니! 마냥 아름다울 줄 알았다.

그런데 작가가 되면서 나는 더 바빠졌다. 시키지도 않는데 원고를 계속 쓰고, 시키지도 않는데 혼자 책을 만들어 보겠다며 독립출판을 하고, 시키지도 않는데 나를 계속 홍보했다. 그 일들을 하기 위해 시키지도 않는 공부까지 했다. 그렇게 하루에 열일곱 시간을 일하고 있는데 문득 그런 생각이 들었다.

'누가 시키지도 않았는데, 나는 왜 일하는 걸까?'

생각해보면 지금 하는 일로 딱히 돈이 나오는 것도 아니고, 이렇게 일한다고 승진하는 것도 아니고, 누가 알아주는 것도 아니고, 허리도 아프고 골반도 아파져 오고. 도대체 나는 왜 일하고 있는 걸까? 오늘 할 일을 내일로 미룬다고 해서 딱히 큰일이 나는 것도 아닌데, 왜 오늘 해야 할 일을 꾸역꾸역 다 할까? 잠시 하던 일을 멈추고 생각했다. 일종의 현실 타격이었다.

일에 몰린 나는 깔끔하게 일을 포기하고 며칠 쉬기로 했다. 그런데 내 기분이 깔끔하지 않았다. 일을 미룬다는 생각에 쉬면서도 '해야 하는데….' 하면서 내심 불안했다. 약간은 괴롭기까지 했다. '쉬어도 돼!'라는 자기합리화가 잘 작동하지 않았다. 그리고 정말 신기한 게, 아무도 시키지 않는 일도 포기하고 쉬면 밀렸다. 써야 할 원고도 밀렸고, 편집할 영상도 밀렸다.

이번엔 나의 편안한 휴식을 위해 반대로 해보았다. '일어나면 먼저 자리에 앉아서 해야 할 일부터 하기.' 다짐은 쉽지, 사실 이게 제일 어려운 일이었다. 일어나면 씻어야 하고, 씻으면 밥 먹어야 하고, 밥 먹으면 또 눕고 싶고, 누우면 또 자고 싶고. 그런 욕망을 조금 억누르고 자리에 앉아 일을 시작했다. 막상 자리에 앉으면 몇 시간이고 일만 했다. 그렇게 하루의 일을 일찍 끝내고 침대에 눕는 순간, 느껴보지 못한 편안함이 나를 감쌌다.

'아, 편하다!'

세상 그렇게 마음이 편할 수 없었다. 중간에 일어날 필요도 없고, 누워도 되고, 놀아도 되고. 마음먹은 일을 다 하고 나니 진정한 휴식이 나를 맞이하는 것 같았다. 나는 이 휴식을 위해 일했구나 싶은 생각까지 들었다. 그런데 그래도, 왜 시키지도 않은 일을 계속하는가에 대한 의문은 풀리지 않았다.

'아니, 애초에 일을 줄이면 계속 편하잖아?'

그 생각이 맞다. 그래서 다시 생각했다. 나는 왜 일할까. 돌고 돌아서 제자리였다. 그런데 일을 줄이자니 마음이 다시 불편했다. 그건 내가 가진 직업의 책임감, 좋아하는 일을 더 잘하고 싶다는 욕심. 고용주가 다른 사람이 아닐 뿐, 내가 나의 고용주였던 것이다.

고용주는 직원에게 끊임없이 일을 시킨다. 고용주 입장에선 '돈을 주니 일을 해야지!'라는 마음이 있겠지만, 회사의 발전을 위해, 이익을 위해선 직원들이 일해야 한다. 그래야 월급을 받고, 고용주도 먹고사니까. 나도 마찬가지였다. 나의 발전과 이익을 위해선 내가 일해야 한다. 그래야 나한테 작은 거라도 좀 사주고, 먹고살 수 있다.

오늘도 나의 갑과 을은 계속 싸우고 있다. 이것만 더 하고 자라는 갑과 이제 좀 쉬자는 을. 나는 이것만 더 하고 자려고 한다. 이것마저 다 안 하면 분명 마음이 불편해서 잠도 편안하지 않을 테니, 을에게 조금만 더 힘내라고 한다. 그러고 보니, 내 안에 있는 갑은 악덕인 것 같기도. 역시, 다른 사람 안 괴롭히고 혼자 일해서 다행이다.

갑 (나)
을

그 마음을 잊어선 안 돼

나는 웃음에 비해 울음이 적은 편이다. 글을 보면 내가 무척이나 잘 우는 사람이라 생각하기 쉬운데, 이래 봬도 항상 힘들다고 얘기하는 상담실에서조차 한 번도 운 적이 없는 독한 사람이다. 내가 우는 것을 본 사람도 드물고, 살기 팍팍하니 울 일도 별로 없다. 상대방이 힘든 얘길 하면서 우는 모습을 보면 당황하면서도 함께 울어주지도 않는 모난 사람이다.

그랬던 내가 정말 심하게 울었던 날이 있다. 정말이지 별거 아닌 일로.

두 번째 책을 내고 북 토크를 진행했던 날, 서른 명의 독자들이 함께 해주었다. 와주신 것만으로도 감사한데 꽃다발과 편지 등 많은 선물이 내 앞에 놓였다. 돌아가는 길에 선물을 가득 안은 나는 뭔가 싱숭생숭했다. 과연 나는 이런 사랑을 받아도 될까? 독자들은 나의 어떤 모습을 좋아하는 걸까? '싱숭생숭'이라는 이상한 단어의 어감만큼이나 이상한 마음이었다.

집에 돌아온 나는 선물들을 꺼냈다. 편지가 가장 많았는데, 손으로 직접 쓴 편지를 하나하나 읽고 선물을 차곡차곡 정리했다. 그중 반지가 있었다. 익숙한 반지였다. 유리공예를 하시는 독자님의 선물이었는데, 이 반지를 기억하는 것은 내가 이미 이 반지를 한 번 잃어버렸기 때문이었다.

첫 책을 내고, 생애 처음으로 북 토크를 한 날이었다. 그날도 많은 편지와 선물을 받았는데, 그중 유리 반지가 있었다. 원래 반지를 좋아해서 여러 개 끼고 있었으나, 처음 받는 독자님의 선물이라는 의미와 함께 첫 북 토크의 소중함이 맞물려 오랫동안 끼던 반지의 자리를 그날의 유리 반지에게 내주었다. 반지라는 것이 항상 지니고 있을 수 있고 늘 그날을 기억할 수 있어 볼 때마다 마음이 설레었다. 주변에도 독자에게 선물 받았다며 기쁜 마음을 숨기지 않고 보여줄 정도로, 내겐 소중한 반지였다.

그러나 몇 달 뒤, 반지의 접착제가 물에 닿으며 약해진 것인지, 부주의한 내 탓인지, 유리 반지는 어느새 알이 떨어져 나가 링만 남았다. 무척이나 아쉬워서 알 없는 반지를 버리지 않고 잘 보관한 채 다른 반지를 꼈다. 나중에 다른 독자가 가장 속상했던 일을 물으면 그 반지 얘기를 할 정도였다. 그런 내 마음을 알아주었던지, 반지를 선물해준 독자님이 두 번째 북 토크 때도 오셔서 그때와 같은 반지를 선물로 다시 주셨다. 심지어 또 잃어버릴까 봐 다른 반지까지 하나 더 넣어서.

그날, 나는 두 번째 마주한 반지를 다시 껴도 될지 고민했다. 또 잃어버리게 될까 봐 조금은 무서웠다. '낄까? 끼지 말까?' 계속 고민하던 중 '누군가 내 책을 가지고만 있고 읽지 않으면 어떨까?' 생각했다. 나는 읽었으면 좋겠다고 생각했고, 그와 같은 생각으로 다시 그 유리 반지를 꼈다.

반지를 낀 다음 날, 나는 사람들과 만나서 술을 마셨다. 엄청 취할 정도는 아니었으나 적당히 기분 좋게 취해 집에 돌아왔다. 가방을 내려놓고 거실 바닥에 앉아 고양이를 쓰다듬는데 손에 있던 반지가 어쩐지 허전했다. 뭐지? 알이 없었다. 다시 잃어버리고 말았다. 그것도 하루 만에.

나는 취한 몸을 일으켜 온 집 안을 뒤졌다. 집에 돌아오자마자 없어진 걸 발견했으니, 집 안에 있진 않을 것 같았지만 그래도 찾아야 했다. 집에 와서 향하지 않은 주방까지 싹 뒤졌다. 역시나, 아무리 찾아도 유리알은 없었다. 손가락엔 알이 사라진 링만 덩그러니 남아있을 뿐이었다. 그리고 더는 찾을 수 없다는 것을 깨달은 나는 바닥에 주저앉아 울기 시작했다. 아주 크게, 꺼이꺼이, 어린아이처럼.

"뭐야! 왜 그래?"

내가 우는 소리에 놀란 남편이 거실로 뛰쳐나왔다. 남편이 계속 무슨 일인지 묻는데 대답도 못 하고 계속 울었다. 나는 말을 하려다 코를 먹고 눈물을 훔치며 말했다.

"반지…, 반지…."

남편에게 겨우 한 말이 반지였다. 남편은 계속 내 옆에서 왜 그러냐고 물었고 나는 겨우 한 단어를 더 말했다.

"잃어버렸어."

남편은 내 말에 상황 판단을 마쳤다. 그리곤 내 손에 낀 반지 알이 사라진 것을 확인했다. 계속 나를 달랬지만, 울음을 그치지 않는 내 모습을 보며 외투를 입고 말했다.

"올 때 어느 길로 왔어? 내가 찾아볼게."

지나왔던 길은 기억나지 않았다. 반쯤 술에 취해서 어떻게 왔는지도 모르게 집에 도착한 후였다. 내가 걸어온 길을 기억하더라도 그 작은 반지 알을 찾는 것은 서울에서 황 서방(남편이 황 씨다) 찾기보다 어려운 미션이었다. 나는 불가능하다는 걸 알고 있었다. 그래서 외투를 입은 남편의 옷소매를 잡으며 가지 말라고, 어차피 소용없는 일이라고 했다.

어차피 소용없는 일인 거 아는데, 눈물이 멈추지 않았다. 울고 울고 또 울었다. 열두 시에 울기 시작해서 시간은 새벽 세 시가 다 되어가고 있었다. 아침에 출근해야 하는 남편은 내가 빨리 지쳐서 잠들길 바라면서도 차마 혼자 방에 들어가 잠들진 못하는 상황이었다.

남편은 왜 이렇게 심하게 우냐며 나를 붙잡고 물었다.

잘 울지도 않는 애가, 왜 이리 우냐고. 고작 반지 하나 잃어버렸는데. 그거 뭐, 다시 구할 수도 있는데. 한참을 운 나는 조금은 말을 할 수 있게 되어서 그 물음에 답할 수 있었다.

"내가 부족해서, 그래서 사람들이 나를 떠날까 봐 무서워. 이렇게 반지처럼 잃어버릴까 봐. 나는 부족한 사람인데. 이렇게 사랑받을 자격이 없는데."

북 토크의 싱숭생숭했던 마음에 두려움이 있었다는 걸, 나는 알고 있었다. 누군가에게 사랑받기엔 너무나 부족한 사람이고, 또 사랑받는 일이 익숙하지 않은 사람이라, 이렇게 반지처럼 잃어버려질까 봐 무서웠다. 게다가 다른 것도 아닌, 나의 부족함 때문에. 나는 단순히 반지를 잃어버린 것이 아니라 그들의 마음을 모두 잃어버린 것 같았고, 모두에게 실망을 줄까 봐 울고 또 울었다.

남편은 그런 내 옆에 앉았다. 그리고 우는 나를 보며 말했다.

"앞으로 그 마음, 절대 잊으면 안 돼. 지금처럼 소중히 기억해야 해. 그러면 돼. 그러면 괜찮아."

나의 울음은 조금씩 사그라들었다. 남편의 말이 맞았다. 잃어버린 것을 되찾을 수는 없어도 이 소중한 마음을 기억해야 했다. 그날 울었던 의미를 절대 잊어서는 안 됐다. 그래서 울음을 그친 나는 알이 없는 반지를 계속 끼기로 했다. 가장 중요한 부분이 사라졌더라도, 그날의 눈물을 잊지 말자고. 늘 익숙해지지 않고 감사하자고. 나는 부족하니까 더 노력하자고.

여기서 하나 더 얘기하자면, 사실 반지에 있던 보라색 유리알을 찾았다. 옷방에서 옷을 찾는데 나왔다. 아마 술 먹기 전에 진즉 잃어버렸는데 술 먹고 집에 와서야 알아차린 듯하다. 유리알을 찾았으나 다시 붙이지는 않았다. 이것 역시 떨어져서 영영 잃어버릴까 두려워서.

조금만 더 빨리 찾았다면 그렇게까지 울진 않았을 텐데. 유리알을 찾았던 순간 나를 놀리던 남편의 얼굴이 잊히지 않는다. 집에서 잃어버리고 그렇게 울었냐면서. 약간은 분하지만, 그래도 그날 남편이 해준 이야기를 잊지 않고 있다.

"그 마음을 잊어선 안 돼."

여전히 내 왼손 검지에는 알이 없는 반지가 고스란히 끼워져 있다. 시간이 흐르며 점점 낡아가고 있지만 시간이 지나도 반지에 얽힌 마음만큼은 낡지 않을 것이다. 설령 이 반지마저 잃어버리더라도, 마음만큼은 잃어버리지 않을 것이다.

책에는 자리가 있다

통장 잔고가 많으면 어김없이 못된 버릇이 나온다. 남들이 보기엔 빈약한 내 통장 잔고가 '많다'는 것 자체가 어폐이지만, 여하튼 내 기준으로 백만 단위면 '높다'에 속하기에 잔고가 여유 있는 요즘, 계속 못된 버릇이 나왔다. 그것은 바로 사놓은 책 다 안 읽고 새 책 사기.

함께 작업실을 쓰는 G군은 그런 내 못된 버릇을 싫어한다. 그도 그럴 것이 같이 쓰는 작업실에 책장 두 개가 있는데 이미 두 개 모두 빼곡하게 내 책들로 채워져 지저분해 보인다. 미니멀리즘을 추구하는 G군이 "정리 좀 하세요."라고 말하면 나는 당당하게 "정리된 게 저겁니다. 나중에 다

읽을 책이에요. 집에 두면 안 읽는단 말이에요."라고 대답한다. 그렇게 잔소리를 들으면서도 계속 책을 사고, 없는 자리를 꾸역꾸역 만드는 내 모습에 G군도 슬슬 포기하는 듯 보인다.

그런데 또 책장이라는 것이 신기하다. '이제 더는 자리가 없겠구나.' 싶은 상태에서 책을 사는데 이상하게 자리가 생긴다. 올려도 보고 끼워도 보는데 다 정리하고 멀리서 보면 마치 예전부터 그 자리에 있었던 것 같다. 이럴 때 나는 '모든 책에는 자리가 있다.'라고 말한다. 물론, 앞으로 더 책을 사기 위한 자기합리화이기도 하다.

그날의 택배도 책이었다. 사노 요코의 그림책을 읽다가 한국에서 출판된 다른 책이 있다는 것을 발견하고 망설임 없이 주문한 뒤 사흘 만에 온 택배였다. 신나는 마음으로 포장을 뜯고 작업실의 책장에 정리해 끼워 넣는데, 역시나 가득 차 보이는 책장 어딘가 구석을 찾아 책이 쏙 들어갔다. '역시'라는 마음으로 돌아서려는 찰나, 문득 나의 자리는 어디인가 싶었다. 하다못해 책에도 자리가 있는데, 나는 자리가 있는 걸까?

일단 자리라고 생각하는 곳에 앉았다. 작업실 책상 앞에 있는 칠만 원짜리 의자였다. 적당히 쿠션감이 있는 게 허리가 덜 아픈 것이 특징(?)인데 이건 물리적인 자리지, 내가 생각한 '자리'의 느낌은 아니었다. 아니, 이런 자리 말고 내가 있어야 할 곳. 그런 곳이 있는 걸까. 조용히 쓱 글을 쓰지 않으면 아무도 기억하지 못할 나 같은 사람의 자리가. 서둘러 휴대전화를 보았다. 통화기록에는 남편, 같이 일하는 G군, 엄마. 아무래도 내가 사라지면 기억할 것은 이들뿐일 것 같았다.

역시 자리라는 것은 가족이나 친구 사이에 만들어진 나의 위치일까. 누군가의 딸, 누군가의 친구, 누군가의 아내 같은. 그런데 또 비뚤어진 나는 그것들이 싫다. 딸이라고 말 잘 듣고, 친구라고 다 이해하고, 아내라고 요리해야 할 것 같은 그 인식이 싫다. 나는 조금 더 자유롭게, 내 멋대로 살고 있다. 관계는 관계이지 내 자리는 아니다.

그럼 자리는 직업일까. 그런데 작가라고 말하면서 사실상 백수에 가깝다. 분기별로 인세가 들어올 때만 작가가 된 기분이다. 그 인세도 너무 소박해서 직업이 '돈을 버는 수단'이라면 역시 그다지 어울리지 않는다. 유튜브를 한다고 해도 내가 유튜버도 아니고, 편집을 한다고 편집자도 아니다. 그래도 '작가다!'라고 말하고 싶은데 아직 자신도 없다. 어쩌다 앉긴 앉았는데, 노약자석에 앉아버린 불편한 기분이다.

여기저기 책처럼 엉덩이를 들이밀고 앉으려 해 봤는데, 어디든 불편하다. 다른 사람들은 회사의 직급이 주는 자리, 관계가 주는 자리에 선뜻 앉는데 나는 어쩐 일인지 자리를 내어주어도 "서서 갈게요."라고 외치는 꼴이다. 그런데 나, 앉고 싶긴 한 건가? '언젠가는 앉아가겠지.' 생각하면서도 어디든 두 발로 걸어갈 수 있다는 걸, 자리 뺏길 걱정도 없다는 걸 좋아하고 있진 않나?

막상 앉으려니 무엇이든 내 자리가 될 수 있는 이 가능성이 좋다. 이런 걸 보면 나도 아직 젊구나 싶지만, 어쩌겠는가. 무엇을 '반드시 해야 한다' 보다는 '하고 싶은 것을 한다'는 것이 더 좋은 것을. 아무래도 나는 책을 쓰는 사람이지, 책처럼 살고 싶은 것은 아닌가 보다. 그럼 '책을 쓰는 사람' 자리가 아니냐고? 에이, 혹시 모르지 않습니까. 또 어떤 길로 갈지.

5장

딱히 위로를 하려던 것은 아닌데

가끔은 모르는 게 낫다

여느 날처럼 병원에 갔다. 보통 일주일에 한 번은 반드시 가니 내겐 꽤 익숙한 일이었다. 익숙하게 접수를 하고, 익숙하게 앉아 기다리다, 익숙하게 정신과 의사 앞에 앉았다. 오랜 시간 얼굴을 본 사이여서 의사의 얼굴도 익숙했다. 그런데 의사 선생님은 나를 익숙하지 않게 봤다.

"마스크, 안 끼셨네요?"

"네?"

"그거 모르세요?"

"뭐요?"

의사 선생님의 그 말로 익숙한 게 깨져버렸다. 계속 무슨 일이 있었나 싶어 바라보는데 의사 선생님이 말했다.

"그 요즘, 코로나라고…."

"맥주요?"

"아뇨. 아, 모르시는구나. 중국에서 온 바이러스예요. 신종플루 같은 전염병이요."

"전염병이요?"

당시 상황은 이랬다. 코로나가 중국에서 시작되었고 한국에도 막 첫 확진자가 생긴 상황. 그렇다고 아직 크게 문제가 될 정도는 아니고 그냥 '한국에 새로운 전염병이 들어왔다.' 정도의 상황이었다. 대중교통을 탈 때도 마스크가 필수가 아니었고 '거리두기'라는 정책 또한 아직 나오지 않았을 때. 뉴스를 전혀 보지 않는 나는 코로나를 맥주로 생각하고 있었다.

나는 늘 정보에 느렸다. TV에도, 세상사에도 별다른 관심이 없어 한참이나 지난 유행어를 뒤늦게 알고선 웃긴다며 주변에 얘기하다 '그게 언제 적이냐?'는 핀잔을 듣기도 하고, 정치적 이슈나 사건사고 이야기에도 "그게 뭔데요?"

라고 되묻곤했다. 코로나가 막 시작할 무렵에도 마찬가지였다. 그런 나의 모습을 익히 아는 의사 선생님은 설명했다.

"코로나라고 감기 같은 건데, 아직 백신이나 치료제가 없어요. 전염성도 강하고요. 그러니까 지금이라도 마스크 꼭 끼고 다니세요. 게다가 병원에 오시는데, 조심하셔야죠."

"아, 네."

그 뒤로도 계속 코로나를 모를 수 있었다면 좋았을 텐데, 코로나는 너무나 사회 깊숙이 들어오기 시작했다. 도저히 내가 모를 수 없는 지경까지. 마스크를 매일 써야 했고, 거리두기로 사람들과 만나는 일이 줄었으며, 매일 가던 술집도 문을 일찍 닫아 갈 수 없는 지경에 이르렀다. 반드시 알아야 하는 일이었지만, 알지 않아도 될 정도의 일이었다면 좋았을 텐데. 마스크를 쓰며 그런 생각을 했다.

익숙하게 마스크를 끼면서부터 나는 뉴스 기사를 조금씩 찾아보았다. '이제는 마스크를 벗어도 될까? 이제는 수업을 들으러 갈 수 있는 상황인 걸까? 이제는 모임을 진행해도 괜찮나.' 일상생활에 계속 영향을 받으면서 자유를 기다렸다. '백신은 언제 나오는 걸까. 외국으로 언제 나갈 수 있을까?' 하면서.

그러나 기사를 볼수록 답답함이 조여왔다. 뉴스에서 백신이 나올 가능성을 계속해서 보도하는 와중에 코로나는 세계로 퍼져나갔다. 잠잠해질 즈음 다시 터지고, 또 터졌다. 백신도 없다고 하고 고령자에게 특히 위험하다고 하니 가족도 걱정되었고, 경제도 침체되어 남편은 직장에서 해고되었다. 나 역시 아파서 병원을 찾을 때면 늘 코로나 검사부터 받자는 얘기가 나왔다. 덕분에 병원에서 격리되어야 했고, 검사 결과가 나온 후에야 제대로 된 치료를 받을 수 있었다. 안 그래도 불투명한 미래가 코로나로 더 불투명해지고 있었다.

시간이 지날수록 걱정만 들었다. 코로나의 위험성이 계속 보도되는데 나는 그걸 보고 걱정 외에는 할 수 있는 것이 없었다. 내가 집회를 막을 수도 없고, 종교 활동을 막을 수도 없고, 모든 사람의 건강을 책임질 수도 없고, 병상을 늘릴 수도 없었다. 할 수 있는 것이 없다는 생각은 나를 무력하게 만들었다.

'그래, 내가 혼자 힘들어한다고 달라지는 것도 없지. 내가 백신을 개발하는 사람도 아니고.'

그래서 나는 다시 모르기로 했다. 코로나라는 말이 잊힐 때까지. 다만 달라진 것이 있다면 기본적인 수칙을 제대로 인지하는 것. 내가 할 수 있는 최대한의 안전 수칙과 위생을 지키면서 소식을 멀리하기로 했다. 계속 이렇게 코로나의 행방조차 모르면서 살다 보면 누군가 "이제는 마스크 안 껴도 괜찮아!"라고 말해주지 않을까 싶어서.

'아는 것이 힘이다'라는 말이 있지만, 가끔은 너무 알면 불안하다. 그런 일들을 너무 알아가다 보면 할 수 없는 일을 괜히 걱정하고, 괜히 불안해진다. 알아야 하는 것들은 나도 알게 된다. 모를 수가 없으니까. 그러니 나는 지금도 세상일을 잘 모른 채 마스크를 쓰고, 외출을 자제하고, 손을 씻으며 이 말을 기다리고 있다.

"코로나가 언제적 일인데! 이제 마스크 안 써도 돼!"

누군가 나의 어깨를 두드리며 이 말을 해준다면, 나는 그제야 코로나가 과거가 되었음에 뒤늦게 기뻐할 것이다.

코로나가 언제 일인데!

말의 무게, 마음의 무게

무거운 것은 가라앉고, 가벼운 것은 떠오른다. 이것은 어디에든 적용될 수 있는 말이다. 말에도, 마음에도.

평범한 주말 오후였다. 오 년간 써온 헤드폰이 망가져 새 헤드폰을 구매하기 위해 남편과 낙원상가를 찾았다. 주차를 하고 '낙원상가'가 적힌 간판을 보자 음악을 할 때 종종 필요한 것이 있으면 이곳을 찾았던 기억에 그리움이 물씬 풍겼다. 나는 반가운 마음으로 낙원상가 간판을 찍었다. 사람은 나오지 않고 간판만 딱. 그런데 갑자기 큰 소리가 들려왔다. 상가 앞에서 일찍부터 술판을 벌인 취객이 자신을 찍는 줄 알고 나를 향해 고래고래 소리치고 있던 것이었다.

나와 남편은 "아저씨 안 나왔어요."라고 말하며 낙원상가 안으로 들어갔다. 그런데도 큰 소리는 멈추지 않았다. 등 뒤에서 욕이 들려왔고 계속 큰 소리가 났다. 설렘은 두려움과 무서움으로 바뀌었다. 사진에 찍히지도 않은 모르는 이가 소리치는 상황이라니. 상가 안을 돌아다니는 동안에도 그 욕은 잊히지 않았다. 헤드폰을 사고 집으로 돌아오는 길에서도 마찬가지였다.

'내가 더 제대로 말했다면 그런 욕은 듣지 않았을지도 몰라. 아니, 사진을 아예 찍지 말았어야 했는데. 괜스레 오해를 만들었잖아.'

아주 자연스러운 흐름으로 마음은 분노에서 자책으로 흘러갔다. '내가 오해를 안 만들었다면…, 내가 그렇게 행동하지 않았다면….' 불편한 마음을 지우지 못해 상대를 어떻게든 이해하기 위해 노력했다. 마치 아주 무거운 말이 나를 짓누르는 느낌이었다. 공격적이고, 분노에 찬 말의 무게가. 말의 무게에 내 마음도 함께 바닥으로 꺼져갔다. 폭우를 맞고 녹아버린 작물이 된 기분이었다.

더는 해명할 수도, 돌이킬 수도 없는 무거운 말들 사이에서 혼자 마음 쓰며 힘들어하는데 SNS를 통해 메시지가 하나 왔다.

'작가님! 작가님 책을 읽은 독자입니다. 저도 우울증을 겪으면서 작가님 이야기에 깊이 공감했어요. 누군가가 나를 온전히 이해한다는 느낌을 처음 받았습니다. 저도 글을 쓰고 싶다는 마음도 들었고요. 정말 감사드리고, 앞으로도 응원하겠습니다.'

독자에게 이런 메시지가 오는 것은 종종 있는 일이었다. 일주일에 몇 번 정도는 이런 연락을 받았으며, 가끔은 손편지가 오는 경우도 있었다. 모르는 작가에게 이렇게 연락을 하기 위해 얼마나 용기를 냈을 것이며, 자신의 이야기를 하기 위해 얼마나 신경 썼을까 생각하면 그들이 내게 보내오는 메시지는 절대 쉬운 마음이 아니었다.

그런데도 한 번의 욕에 무겁게 내려앉은 내 마음은 수십 통의 메시지에도 쉽게 올라서지 않았다. 분명 욕이 더 진심이었고, 칭찬이 더 거짓이었던 것이 아닌데. 오히려 가볍게 던진 욕은 무겁게 내려오고 무겁게 던진 감사는 쉽게 올라셨다. 여기서 나는 말의 무게를 생각했다. 말의 무게는 진심이고 아니고의 문제가 아니다. 진심이든 진심이 아니든, 좋은 말은 가볍게 떠오르고 나쁜 말은 무겁게 가라앉는다.

그렇다면 나는 늘 하나의 나쁜 말을 품에 안고 살아가야 하는 것일까. 아무리 좋은 얘길 들어도 무거운 말 하나에 걸려 언제나 넘어져야 하는 것일까. 가벼운 좋은 말은 머리 위에 둥둥 떠서 아무리 뛰어도 손이 닿지 않는 그런 삶을 살아야 하는 걸까. 어쩌다 하나라도 손에 닿으면 그것을 위로 삼아 일어나듯이, 그렇게 애처롭고 가냘픈 마음으로 살아가야 하는 걸까.

막막함에 뒤를 돌아보았다. 정말 가벼운 좋은 말이 내게 계속 닿지 않았던 걸까. 아니다. 그렇지 않았다. 몇 번이고 퇴고한 글을 퇴짜 맞고서 다시 글을 쓰기 무서웠을 때, 내 글이 좋다는 독자의 한마디에 일어났다. 악플에 마음 아파 유튜브를 그만두려 했을 때, 덕분에 치료를 시작했다는 감사 인사 하나에 일어났었다. 늘 그렇지는 않았다. 늘 무거운 말만 품지도 않았고, 늘 가벼운 것만 찾지도 않았다.

말에는 무게가 있다. 그러나 마음에도 무게가 있다. 그

주말, 무거운 말 한마디를 놓지 못한 것은 내 마음이 너무 낮은 곳에 있어 걸려 넘어지기 쉬웠기 때문이다. 내가 활동해주셔서 감사하다는 연락에 유튜브를 그만두지 않았던 것은 가벼운 말을 잡고 일어설 수 있는 조금 더 가벼운 무게의 마음을 지녔기 때문이다. 내 마음이 어디에 있느냐에 따라 말의 무게를 딛고 일어설 수 있는가, 넘어지는지가 결정된다. 마음의 무게와 말의 무게가 적절한 위치를 지켜낼 때, 오늘도 평온한 마음으로 하루를 살아갈 수 있는 것이다.

여기서 우리는 상대에게 어떤 말을 해주어야 하는지도 알 수 있다. 상대가 힘들다면 가볍게 떠오르는 말이 필요할 테고 상대가 너무 떠올라가면 조금은 냉철하고 무거운 말이 필요할지도 모른다. 적당한 위치에 상대의 마음이 자리잡을 수 있도록 도와주는 것, 또 적당한 위치에 내 마음을 두는 것. 그것이 적절한 말일 테고, 적절한 마음일 것이다.

여기저기 걸려 넘어지기 쉬운 나의 마음은 내가 일어나길 바라는 사람들의 가벼운 말을 마음 한쪽 깊은 곳에 담아놓는다. 품 안의 가벼운 말이 떠오르면서 나의 마음도 조금씩 더 높은 곳을 향한다. 그러나 마냥 높기만 하진 않다.

나는 나를 위해, 떨어지지도 넘어지지도 않기 위해, 내 마음과 상대의 말을 적절히 섞어가며 균형을 맞춘다. 그리고 다시 돌아간다. 내가 자리 잡아야 하는 곳으로. 내 마음이 있어야 할 너무 가볍지도, 너무 무겁지도 않은 적절한 곳으로.

어른이 된다는 것

또래 중에서 내가 가장 먼저 결혼해놓고서는, 친한 친구 G가 곧이어 결혼하자 너무 신기했다. 세상 무엇이라도 해줄 것 같은 내 친구 G는 어릴 적부터 오갈 데 없는 나를 자기 집에 데려다 밥을 먹였고, 처음으로 '친구와 떠난 여행'이라는 경험을 주었고, 운전면허를 딴 기념으로 스키장에 가자며 나를 조수석에 태우고선 "생명보험은 있지?"라고 물어보던 친구다.

그런 친구가 얼마 전에 임신했다는 소식을 들었다. 나는 뛸 듯이 기뻐하며 외쳤다. "G가 임신했대!" 세상에 생명이 태어난다는 것이 이토록 기쁜 일이구나, 처음 느끼는 감정이었다. 그런데 동시에 마음 한편이 어쩐지 아려왔다. 학창 시절을 함께 보내고, 늘 마주보고 깔깔대며 웃던 내 친구가 한 아이의 엄마가 된다니…. G는 이제 나의 가장 친구이기 이전에 누군가의 엄마가 된다. G와 함께할 시간은 더욱 줄 것이고 어쩌면 멀어질지도 모른다는 생각을 한 순간, 괜스레 태어나지도 않은 아이에게 질투를 하는 내가 이기적인 사람인가 싶기도 했다. 멀어지기엔, 나에게 G는 너무나 소중한 친구였다.

도대체 이 감정은 뭘까 고민하는데, 마침 어린 시절을 함께한 디지몬 어드벤처 극장판이 나왔다는 소식을 전해 들었다. 제목은 〈디지몬 어드벤처 라스트 에볼루션〉. 제목만 봐도 알 수 있듯 디지몬 어드벤처의 마지막 이야기였다. 디지몬으로 어린 시절을 보낸 나는 강력하게 남편에게 "반드시 이걸 봐야 한다."고 말했다. 세대가 다른 남편은 "왜 이런 걸?"이라고 대답했지만, 결국 나와 영화를 보았고 중간에는 남편도 눈물을 찔끔 흘렸다.

내용은 이랬다. 디지몬과 함께 자라온 선택받은 아이들. 그러나 어른이 되면 디지몬과 이별해야 한다는 것을 알게 된다. 선택받은 아이들의 상징인 디지바이스에는 디지몬과

의 남은 시간이 표시된다. 적을 물리치기 위해 억지로 디지몬을 진화시키면 이별을 앞당기게 되고, 진화를 하지 않으면 조금이라도 더 디지몬과 함께할 수 있지만, 미래는 없다. 어린 시절의 추억 속에서 살 것인가, 어른이 되어 나아갈 것인가.

디지몬 세계에 선택받은 아이들은 미래를 택한다. 적을 물리치기 위해 디지몬을 진화시키고 미래를 구해낸다. 모든 싸움이 끝나고 평화로운 일상을 찾은 디지몬과 선택받은 아이들. 타이치(한국어판 신태일)의 디지몬인 아구몬은 타이치를 향해 말한다. "타이치, 어른이 됐구나." 그리고 타이치에게 묻는다. "내일은 어떻게 할 거야?" 타이치는 말한다. "내일…, 모르겠어. 그래, 내일 우리…." 그러나 대답은 허공을 가른다. 더 이상의 우리는 없다. 타이치의 디지몬, 아구몬은 이미 사라진 후였다. 그렇게 선택받은 아이들은 조금씩 어른이 되어간다.

어린 시절을 함께해온 디지몬이 사라지는 순간, 차마 눈물이 참아지지 않았다. 마치 나의 어린 시절 또한 아구몬과 함께 사라지고 덜컥 어른이 되어버린 것 같았다. 그러나 동시에 무엇이 어른이 되는 걸까 싶었다. 우리는 어떻게 어른이 되어가는가. 디지몬을 좋아했고, 운동장에서 뛰놀던 우리는 어떻게, 어떻게.

G가 떠올랐다. G는 한 아이의 엄마가 될 것이고 나도 나의 삶을 살아갈 것이다. 우리는 학교에서 매일 만나던 때로 돌아갈 수 없고, 어쩌면 살아가는 만큼 점점 멀어질지도 모른다. 각자의 삶에 깊이 자리 잡을수록 타이치가 떠나보낸 아구몬처럼, 추억이 아닌 미래를 선택해야 하는 어른이 되어간다. 진화를 거듭할수록 멀어질 수밖에 없는 디지몬과 아이들처럼, 각자의 삶을 선택하고 내일로 나아가야 하는 어른으로.

여전히 나는 어른은 아닌 것 같다. 그러나 얼마 전, 다시 G를 만났을 때 우리는 여전히 깔깔댔고, 하는 것 없이 누워만 있었던 여행이 즐거웠다 추억했고, 서로의 이야기로 한참이고 수다를 떨었다. 그리고 느꼈다. 디지몬이 어른이 된 아이들을 떠나갔듯이, 삶에서 서로가 멀어지는 것은 우리가 미래를 택하며 어른이 되어가는 과정일 뿐이며 가끔이라도 이렇게 다시 디지몬을 추억하듯 서로를 추억할 수 있다면 그것대로 괜찮은 어른이 될 수 있을 것 같다고.

희망을 잊어버리는 병

영화 〈메멘토〉의 주인공 레너드는 아내가 살해당하던 날, 역시 사고로 10분밖에 기억하지 못하는 단기 기억상실에 걸린 남자의 이야기다. 그는 살해당한 아내의 복수를 하기 위해 범인을 쫓을 때 사진이나 메모, 문신으로 자신의 기억을 기록한다.

영화에나 나올법한 이 단기 기억상실은 실제로 존재한다. 신경학계에서 유명한 환자인 H M(헨리 몰레이슨)은 뇌전증 치료를 위해 측두엽 절제술을 받은 후 10분 이상의 장기 기억을 하지 못해 매일 같은 의사에게 만나서 반갑다고 인사하고, 밥을 먹은 것을 기억하지 못하고 다시 밥을 먹는 등의 행동을 보였다고 한다.

이에 반해 우울증은 기억에 큰 문제가 없는 질환이다. 물론 때때로 멍하거나 기억력이 떨어지는 증상을 보이기도 하지만, 뇌 자체에서 기억을 지우는 일은 일어나지 않는다. 학계에서는 우울증의 원인을 뇌의 신경전달물질 불균형으로 보고 있지만 결정적 이유로는 스트레스를 꼽는다. 사실상 뇌의 이상인 단기 기억상실과 정신적 스트레스가 원인인 우울증은 다른 질병이라고 볼 수 있다.

그런데 우울증과 단기 기억상실의 닮은 점이 있다. 바로 자꾸 잊어버리는 것이 있다는 것. 그것은 희망이다. 우울증은 장기기억과 단기기억 모두 정상적으로 작동하지만 지금보다 더 나은 날을 꿈꾸고 또 해낼 수 있도록 만드는 원동력 같은 마음, 사람을 움직이고 살아가게 만드는 힘인 '희망'이라는 것만큼은 자꾸만 잊어버린다. 그게 십 분이든, 하루든, 일주일이든, 금방 잊어버리고 또 잊어버린다. 기억하려 떠올려보아도 계속 다시 잊어버린다. 잊고 기억하고, 잊고 기억하다 다시 까맣게 잊어버린다.

나는 이 '희망을 잊어버리는 병'에 걸린 사람 중 하나이다.

평범한 날이었다. 아무 일 없이 잠자리에 들었고 평소와 같이 여러 꿈을 지나 눈을 떴다. 블라인드 사이로 햇빛이 들어와 꽤 눈부신 한낮이었다. 멀쩡히 일어나기만 한다면 밥을 먹고, 씻고, 일을 하는 일상을 보낼 것이 틀림없는 하루였다. 그런데 몸을 일으킬 수 없었다. 슬픔과 우울이 온몸을 꽁꽁 묶어 일어날 수 없게 만들었다. 도저히 일어날 수 없어 가만히 누워있는데 문득 두려운 마음이 들었다.

'오늘 나는 일어날 수 있을까? 해야 하는 일을 다 끝낼 수 있을까? 내일도 이렇게 꽁꽁 묶인 기분이라면, 그 내일의 내일도, 내일의 내일의 내일도 나는 살아갈 수 있을까. 언제까지 버텨낼 수 있는 걸까. 언제까지 슬프고, 언제까지 아파야 하는 걸까.'

아무것도 하지 않고 누워있는 동안의 생각이었다. 오늘 나는 이 무거운 마음을 들고 해야 할 일을 해낼 힘이 있을까. 일을 끝내면 다시 잠들지 못한 숱한 밤으로 괴로워하며 맞이할 막막한 새벽이 오겠지. 다시 내일이 오고 다시 찾아올 이 무거운 감정들을 어떻게 이겨내야 하는 걸까.

그야말로 희망을 완전히 잊어버렸다. 일어나면 괜찮을

거라는 희망, 내일은 괜찮을 거라는 희망, 약을 먹으면, 치료를 받으면 더 나아질 거라는 희망. 순간 모든 희망이 어둠 속으로 가라앉았다.

나는 자꾸 기억해내려 애썼다. 이러한 아침 또한 수없이 맞이해왔다. 이보다 더 괴로운 날도 많았다. 그 괴로운 날들을 겪어내며 해야 할 일을 해내지 못한 적은 많지 않았다. 막상 일어나 자리에 앉으면 뚝딱 일을 해내는 나였다. 모든 날이 이토록 힘들지는 않았다. 가볍게 일어날 수 있는 하루도 종종 존재했다. 일을 하길 다행이라는 생각이 들 정도로 기쁜 날도 있었다. 희망은 분명히 존재하는 것이었다. 나도 겪어보았고 모두가 흔히 품는 마음이 희망이었다. 잊지 말자. 잊지 말자. 나는 자꾸만 사라지는 희망을 되새겼다.

기억해 낸 작은 희망을 지렛대 삼아 눈을 질끈 감고 마음에 감긴 몸을 풀어냈다. 풀어지지 않는 것은 하나씩 힘을 주어 끊어냈다. 몸을 모두 일으키는데 긴 시간이 걸렸지만, 어떻게든 몸을 일으켜냈다. 조금 더 힘을 내서 밥을 먹고 조금 더 힘을 내서 씻고 출근한다면 다시 그럴듯하게 하루가 흘러갈 것이 분명했다. 저릿한 몸을 질질 끌어내 기어코 씻고 밥을 먹고 출근하는 것을 해냈다. 그리고 책상 앞에 앉아 글을 쓰기 시작했다.

한낮의 걱정과 달리 나는 해야 하는 일을 차근차근해냈다. 서두르지 않고 하나씩 천천히 했고 시간은 자연스럽게 흘러갔다. '또 오늘은 어떻게 보내야 하지?'라는 걱정을 할 필요도 없이 잘 해내었다. 겨우 기억해 낸 희망은 몇 시간을 살아가게 했다. 그러나 집으로 돌아가는 길, 나는 다시 희망을 잊어버리기 시작했다.

'오늘은 이렇게 해냈지만, 내일은. 내일은 또 어떻게 살아가야 하는 거지. 아니, 내일이 아니더라도 오늘 밤은. 또 혼자 잠들지 못해 해가 뜨는 것을 보고 울어버린다면.'

새벽은 내게 두려움이었다. 술에 취하지 않으면 잠들지 못했고, 잠들지 못하면 모두가 잠들었을 때 도움을 외칠 곳이 없어 홀로 숨죽이고 아침이 오길 기다렸다. 그 긴 시간이 너무나 외로워 머리를 움켜쥐고 울기도 하고, 응급 전화를 걸지 말지 고민하며 새벽을 보낸 적도 있었다. 잠이 들면 내일이 온다는 것이 끔찍해서 억지로 밤을 새운 적도 있었다. 나는 조금이라도 정신없이 잠들기 위해 네 캔에 만 원하는 맥주를 사 들고 집으로 향했다.

집에 돌아와 잠든 남편에게 인사하고 맥주 한 캔을 땄

다. 그새 잊어버린 희망에 천천히 숨이 막혀왔다. 그러나 다시 기억해내기 위해 노력했다. 혼자서 희망의 흔적을 찾아 이리저리 생각을 굴렸다.

‘오늘 해야 할 일을 다 해냈고, 오늘 하루도 무사히 살아냈어. 내일도 그럴 수 있고, 그 내일도 그럴 수 있어. 희망은 존재해. 내가 자꾸 잊어버리는 것뿐이야.’

마음속에 희망을 기억하기 위해 좋은 과거를 세워놓았다. 자꾸만 내게 보여주지 않으면 잊어버리는 탓에 좋은 기억을 담은 글을 다시 읽어보기도 했다.

‘나에게도 희망이 있다.’

나는 다시 조금씩 기억해냈다. ‘희망은 있다, 희망은 있다.’를 되뇌고, 무사히 잠들었다. 잠이 들면서도 알고 있었다. 내일 일어나면 다시 희망을 잊어버릴 것이다. 다시 무거운 마음이 나를 묶을 것이다. 나는 다시 희망을 기억하기 위해 애쓰고 기억해낸 뒤 또 잊어버릴 것이다. 그것이 내가 가지고 있는 병이고, 여태까지 그렇게 살아왔으니까.

그러나 다시 기억해낼 수 있다. 금방 잊어버린다면, 그만큼 다시 기억해내면 된다. 다시 잊어버린다고 기억해낸 것이 의미 없어지는 것은 아니다. 기억해낸 만큼 살아냈다. 때로는 무언가를 해내었다. '희망을 잊어버리는 병'은 희망을 잊게 할 뿐, 나의 모든 희망 자체를 앗아가는 것은 아니었다.

지금도 끊임없이 잊어버리는 희망에 눈앞이 캄캄하지만, 나는 다시 희망을 여기저기 새긴다. 〈메멘토〉의 주인공 레너드가 사진을 찍고 메모를 하고 문신을 새기듯, 나는 희망을 글로 새기고 그림으로 새기고 마음에 새기고 사람에 새긴다. 좋은 사람을 만나고 대화하며 희망을 기억해내기도 하고, 글을 읽으며 희망을 기억해내기도 한다. 다시 잊어버릴 것을 알면서도 기억하기 위해 노력하는 것은, 그렇게라도 살아가기 위함이다. 이 병으로 모든 희망조차 없이 차갑게 죽어 나갈 바엔 다시 잊더라도 따듯하게 살아서 기억해내는 일을 택하는 것이다.

그림자 행복

짱언니를 처음 만난 것은 4년 전, 인천공항에서였다. 이왕 죽을 거 돈이나 다 쓰고 죽자며 유럽 여행을 신청한 나와, 마지막 이십 대를 의미 있게 보내고 싶어 유럽 여행을 신청한 짱언니는 우연히 같은 패키지를 신청한 일원이었다.

서로 여행 온 이유는 달랐으나, 같은 이십 대에 혼자 패키지여행을 신청했다는 점이 비슷해서인지 가이드는 항상 나와 짱언니를 함께 붙여놓았다. 나와 짱언니 또한 낯선 사람들 속에서 비슷한 나이대에 혼자 여행 온 사람이 나 말고 있다는 것에 내심 안심하기도 했다.

그러나 위 두 가지를 제외하면 나와 짱언니는 여행을 신청한 이유만큼이나 너무 다른 스타일이었다. 사진은 절대 사양이라는 나와는 달리 짱언니는 언제나 사진을 꼭 남겼고, 자유시간엔 여유롭게 커피를 마시고 싶은 나와 달리 짱언니는 구석구석까지 구경하는 스타일이었다. 유럽을 여행하며 현지인이 우리에게 “니하오!”라고 외치며 놀릴 때면 나는 당황하여 가만히 있었고, 짱언니는 찰진 사투리로 욕부터 외쳤다. 여기서 한 가지 더 알 수 있는 것은 고향까지 달라 나는 서울말을 쓰고 짱언니는 진한 사투리를 썼다는 것이다.

이토록 다른 스타일을 가진 나와 짱언니였지만, 여행 내내 대화가 끊이지 않았다. 버스에서도 수다, 기차에서도 수다. 숙소에 돌아오는 시간이면 함께 근처 마트에 가 맥주나 와인을 사 온 뒤 숙소에서 밤새 또 수다, 수다. 처음에는 헤어진 남자친구 욕으로 시작했고, 밤이 깊어질수록 누군가에게 받은 상처와 과거, 쉽사리 할 수 없는 대화로 이어졌다. 고작 9박 10일을 함께한 짱언니였지만, 그동안 수없이 웃었고 또 몇 번은 울었다.

그렇게 스쳐 갈 수 있었던 나와 짱언니는 서로 인연을 붙잡았다. 여행을 마치고 한국에 돌아와서도 종종 연락하게 되었고 짱언니가 서울로 상경하면서 그리운 얼굴도 다시 볼 수 있었다.

모든 인연이 그렇듯 그렇게 자주 연락을 나누진 않았지만, 그래도 잊지 않을 만큼은 서로를 기억하는 짱언니에게 며칠 전 연락이 왔다. 그날은 내 생일이었다. 시간은 오후 11시 30분 정도.

"늦었지만 생일 축하해!"

늦은 시간인 줄 알면서도 짱언니는 내 생일이 지나기 전, 축하하기 위해 연락을 해왔다. 축하 연락과 함께 파우치 선물까지 잊지 않았다. 나도 종일 사람들에게서 생일 축하 연락을 받았고 이제 연락 올 곳은 다 왔구나 싶을 때 온 짱언니의 연락이 반가워 대답했다.

"언니! 생일 마지막까지 행복하게 해 주셔서 감사해요."

누군가에게 축하를 받는다는 것이, 게다가 그것이 내가 태어났다는 단 하나의 이유라는 것이 기뻐 짱언니에게 '행복'이라는 말을 썼다. 어쩌면 가벼운 축하의 답례이고 인사치레였다. 그런데 짱언니는 내 '행복'이란 말을 그냥 넘기지 않았다. 이내 짱언니에게서 긴 답장이 왔다.

"수연아, 나는 네가 유럽에서 '행복하지 않다'라는 말을 했던 게 늘 마음에 걸렸는데 요즘 사랑받는 네 모습을 보면 이제 조금은 네가 행복해졌을 거라 멋대로 생각해본 적이 많았어. 근데 너한테 행복이란 단어를 쓰면 네가 행복하지 않다는 걸 상기시킬까 봐 걱정했었거든. 근데 방금 네가 그렇게 직접 말하는 걸 보니 나마저도 너무 행복하다."

짱언니의 답장을 보고 순간 마음이 먹먹해졌다. 4년 전, 유럽 어느 나라 한구석에 있는 숙소에서 맥주 한잔을 하며 했던 그날 밤, 내 말이 떠올랐기 때문이다. 나는 분명하게 이렇게 말했었다.

"나는 행복하지 않아요. 다시는 행복할 수 없을 것 같아요. 내게 행복이라는 것은 이제 기대조차 해선 안 되는 건 아닐까 싶어요. 이제 바라지 않으려고요."

그것은 가깝지 않은 사람이기에 할 수 있는 말이기도 했다. 정말 나를 아끼는 사람이라면 그 말에 속상해할 것이고 마음 아파할 테니, 내 말에 신경 쓰지 않을 낯선 사람에게만 말했던 그 진심을 나는 잊고 있었다. 그런데 짱언니는 잊지 않았다. 내가 인연을 이어갈 거로 생각하지 못하고 한 그 말에, 고작 열흘을 함께한 나를 위해 기억하고, 신경 쓰고, 한편으론 마음 아파하고 있었다. 무려 4년 동안.

짱언니의 문자에 나는 쉽게 답을 하지 못했다. 이렇게 오래 인연이 이어질 줄 몰랐고, 이렇게 오래 그 말을 기억할 줄도 몰랐고, 이렇게 오랫동안 나의 생일을 축하해 줄지 모르고 했던 말에 대한 미안함과 고마움이 할 말을 잊게 만들었다. 그리고 인사치레 같던 '행복'이란 단어는 진짜 행복이 되어있었다. 내가 할 수 있는 말은 "감사해요."라는 짧은 문장이었다.

"늘 밝게 웃는 네 모습이 좋아. 역시 수연이의 웃음은 그렇게 잘 웃으라고 만들어주신 걸 거야."

짱언니는 마지막까지 내 웃음이 좋다고 하며 "부끄러우니까 이만 잘게!"라며 짧게 인사했다. 나도 짧은 인사로 대화를 마쳤지만 짱언니의 말은 가슴 깊이 남았다. 그리고 행복이라는 것은 무엇이었기에, 나는 4년 간 무엇이 달라졌기에, 이제 행복을 말할 수 있을까 생각에 잠겼다.

나는 결국, 행복은 그림자 같다고 생각했다. 너무 어둠이 짙으면 보지 못한다. 빛이 너무 많아도 보기 힘들다. 위를 바라보면 볼 수 없고, 바닥만 본다 한들 고개를 잘 맞추지 않으면 여전히 발견할 수 없다.

당연하지만, 찾기 힘든 그림자 같은 행복. 다시 어둠이 짙어지면 나는 그림자를 잃어버릴지도 모르지만, 시선을 제대로 두고 나의 그림자를 찾아낼 수 있다면, 빛이 조금이라도 들 때 다시 그림자 같은 행복을 발견해 낼 수 있지 않을까. 조금 더 빨리, 그리고 제대로 찾아낼 수 있지 않을까. 어딘가에 분명 그림자가, 그리고 행복이 존재한다는 것을 알고 있지 않을까.

딱히 위로를 하려던 것은 아닌데

세 살 위의 오빠는 어릴 적 나의 위로였다. 부모님의 이혼과 엄마와의 살벌한 갈등 속에서도 오빠만큼은 늘 똑같았다. 내가 펑펑 울어도 게임을 했고, 내가 깔깔 웃어도 게임을 했다. 대화라고 해도 곁에서 게임을 구경하면 스토리를 묻는 내게 짧게 대답하는 정도였다. 그런데 그게 내게 위로였다. 무심한 오빠가 있어서 흔들리고 휩쓸리는 마음에 단단한 기둥이 하나 있는 것 같았다.

이런 오빠는 위로를 하려다 보면 오히려 이상한 말을 꺼냈다. 때는 열아홉. 몸이 크게 아파서 동네 병원에서 혈액검사를 했는데 간 수치와 백혈구 수치가 정상인의 수십, 수

백 배는 나왔다. 병원에선 조심스럽게 급성 백혈병 진단을 내렸다. 그러고는 큰 병원에 가보라며 진단서를 써줬다. 당시 월세 낼 돈도 없던 우리 집은 그나마 들어둔 보험에 안심했다. 엄마는 나와 오빠를 불러놓고 "동생은 네가 간호해야 해. 엄마는 돈을 벌어야 하니까."라고 말했다. 상대는 급성 백혈병. 그야말로 죽을 수 있는 병이고 병원에서도 죽을 수 있다고 했는데 침착하게 현실을 말하는 엄마와는 달리 오빠는 위로랍시고 웃으면서 내게 이렇게 말했다.

"백혈병은 그래도 이쁘게 죽는대. 드라마에도 자주 나오잖아. 너 죽고 싶어 했는데 잘됐다, 야."

세상에, 동생이 아프다는데 이런 말을 하는 오빠가 어딨나 싶었지만, 정말 이렇게 말했다. 그 말과 동시에 엄마는 오빠의 등짝을 때렸고 나는 그 모습을 보면서 으하 하고 웃어버렸다. 만약 오빠가 평범한 위로를 해버렸다면 더 슬프고 힘들었을 것을, 웃어넘기게 했다. 참고로 그 뒤 나는 검사 결과가 오진이라는 판정을 받았다. 혈액 수치 이상은 원인 불명이었다. 아직 풀리지 않은 의문이지만, 여하튼 그만큼 아프긴 했다.

오빠의 위로는 여기서 그치지 않았다. 정신병원에 입원해 있는 내가 공중전화로 전화하자 "군대 갔냐?"라고 말하고는 괜찮냐는 말 하나 없이 "그럴 줄 알았다." 하며 전화를 뚝 끊었다. 그래도 가끔 병원에 면회를 왔는데 그것도 입원 초에만 좀 왔지, 두세 번 더 입원하니 그때부턴 오지도 않았다. 먼저 전화를 걸면 게임하는 데 방해하는 느낌이 들 정도로 대충 받았다.

요상한 오빠지만, 나도 조금 요상한 게, 그래서 오빠에게 무엇이든 말했다. 죽음에 관한 얘기도 가볍게 했고, 아픈 얘기도 쉽게 했다. 내가 무슨 말을 하든 이 사람은 놀라지도, 흔들리지도 않을 거라는 게 마음 편했다. 안된다고 말하지도 않고 살아야 한다느니 그런 말은 더더욱 하지 않았다. 나는 그것 또한 위로라고 생각했다. 무심한 위로. 그래, 우리 오빠는 무심한 위로의 대가다. 아니, 내가 이상한 거에 위로받는 건가?

나 역시 이런 면을 조금은 닮았는지, 얼마 전에 위로하려 한 것은 아닌데 위로해 버리기도 했다. 앨범 소개 글을 부탁받았는데 나는 그냥 성실하게 쓰기만 했다. 마감에 맞춰 아티스트에게 원고를 보내주었는데 너무 위로받았다는 답을 받았다. 내 앨범 소개 글은 시니컬했다. 아티스트를 띄우지도, 꾸미지도 않았다. 그냥 느끼는 그대로를 솔직하게 썼다. 그런데 위로를 받았단다. 요즘 힘들었는데(힘든지도 몰랐는데…) 위로가 됐단다. 이처럼 위로는 생각보다 차가울 수 있다. 위로 같지도 않은 것이 위로가 되기도 한다.

나는 지금 여기서도 은근 무심한 위로를 하고 있다. 진심으로 쓰고 있는데 거기까지다. 내 경험을 얘기해주면서도 "나는 그런데, 너는 아닐 수도 있지."라는 어투를 꼭 섞는다. 그럼 상대는 스스로 위로받을 거리를 찾아낸다. 어디서든 마음 닿는 것을 스스로 찾아내고 자신의 마음에서 위로를 만들어낸다.

그런 걸 보면 위로는 타인이 하는 것이 아닐지도 모른다. 자신의 속에서 위로를 찾게 조금만 도와주면 사람은 자신만의 위로를 찾아내니까. 그렇게 생각하면 위로라는 것이 별로 어렵지 않게 느껴진다. 진심으로 듣고 나로서 얘기하기만 하면 나머지 위로는 위로를 바라는 상대가 어디서든 찾아낼 테니까. 따듯한 위로를 원한다면, 조금 더 따듯하게 들어주겠다.

생각해보니 오빠도 진심으로 듣긴 했나 보다.

이해하지 못하기에 우리는 미워한다

소설 모임에서 활동했던 적이 있다. 나이도, 직업도 모르는 사람들이 모여 대화하는 모임이었는데, 그곳에서 만난 한 사람이 있었다. 모임을 주최한 그는 대화를 잘 이끌어가는 사람이었다. 처음으로 모임에 참석한 내 말도 잘 들어주고, 모난 곳 없이 모임을 잘 마무리할 줄 아는 사람. '괜찮은 사람이구나.'라는 것이 그의 첫인상이었다.

무사히 모임이 끝나갈 즈음, 시간이 되는 사람들이 남아서 다시 대화를 시작했다. 그곳에는 나와, 얘길 잘 들어주던 그도 함께했다. 그 밖에도 다른 사람이 몇몇 참여했지만 기억에 남는 것은 그 뿐이었다. 왜냐하면 그와 했던 대화 때문이다.

"저 사실 수연 씨 알아요."

순간 멈칫했다. 나를 알고 있다니. '내가 유명한 것도 아니고, 그렇다고 아는 사람이 많은 것도 아닌데 나를 어떻게 알지?' 싶어 머리 위에 물음표가 수십 개 떴다. 그러자 그분이 싱긋 웃어 보이며 내게 말했다.

"유튜브에서 수연 씨 영상 봤어요. 스피치 하는 모습이요."

유튜브에 내가 십 분 정도 스피치 한 내용이 올라간 적 있었다. 아파서 정신병원에 입원한 얘기, 작가가 된 과정을 말한 영상은 꽤 많은 조회 수를 올렸는데, 주변에서 영상 봤다며 연락이 올 정도였다. 나는 뭔가 부끄러워하며 "아, 네…." 라고 대답하며 살며시 얼굴을 붉혔다. 그런데 다시 이어진 그의 말은 생각 외의 이야기였다.

"사실 그 영상 보고 저는 수연 씨가 싫었어요. 제 친한 친구가 자살로 세상을 떠났거든요. 그런데 누가 아무렇지도 않게 자살 얘길 하니 싫더라고요. 이기적이라고 생각했어요. 주변 사람 생각 하나도 안 하는 사람이구나. 그런데 오늘 모임에 딱 들어와서 놀란 거 있죠?"

유튜브 영상은 많은 조회 수 만큼이나 다양한 댓글이 달렸다. 응원하고 공감하는 글도 있었지만, 정신병자라고 비아냥대는 사람도 있었고, 가족을 운운하는 사람도 있었다. 다양한 욕에 수명이 늘어나는 것 같다고 농담할 정도였다. 그런데 영상을 보고 나를 싫어한 사람을 실제로 만난 것은 처음이라 나도 조금 놀랐다. 나는 반사적으로 말했다.

"생각해보니 그렇게 느껴질 수도 있겠네요. 안 좋은 기억 떠올리게 해서 죄송해요."

순간 뭔가 불편해서 일어나고 싶었지만, 한편으론 그분의 얘기를 듣고 이해되었다. '누군가 다시 떠올리기 싫은 일을 떠올리게 만든다면 나의 이야기를 싫어할 수도 있겠구나. 나에게 악플을 단 사람 중 저렇게 상처받은 사람도 있었겠구

나. 나는 그들의 마음을 이해하지 못했구나.' 자책하고 있는데 그분이 다시 말을 꺼냈다.

"아니에요. 사실 수연 씨를 이렇게 만나 보기 전에는 싫다고 느꼈는데, 오늘 보니까 제가 오해했구나 싶었어요. 생각보다 더 따뜻하고 배려할 줄 알고 사람답다고 해야 할까요? 수연 씨가 싫다는 얘기를 하려던 게 아니고 너무 좋다고 말하려고 꺼낸 이야기예요. 대화를 나눠보니 오히려 너무 아파서 주변을 생각할 틈도 없었겠구나 싶었어요. 납득해버렸죠. 앞으로의 활동을 진심으로 응원하고 싶어요."

내가 그의 마음도 모르고 내 이야길 하는 동안 그는 진심으로 들었고 나를 이해하게 되었다고 했다. 분명 싫어했던 사람인데 이해라는 마음을 가지고 나니 한 사람으로서 좋다고 말했다. 자신이 오해했던 것이고 많은 오해를 가지고 있었지만, 앞으로 응원한다는 말까지. 그날 나는 그에게 배웠다. 미워하는 마음은 오해에서 비롯된다는 것을.

이 책에는 나를 향한 많은 오해와 진실이 담겨 있다. 정신질환자, 작가, 유부녀, 철없는 자식, 이상한 친구, 자퇴생, 자살 시도 생존자, 한부모가정 자녀.

당신의 주변에 있을법한 사람이기도 하면서, 이렇게 살아가는 사람이 있나 싶을 수도 있다. 여기까지 읽지 않고 몇몇 키워드만 보았다면 당신도 나를 오해할지도 모르고 미워할지도 모른다. 이기적인 죽음이라는 둥, 결혼할 가치가 없다는 둥. 그런데도 나는 숨기지 않는다. 더 많은 이야기가 흘러나올수록 당신과 나, 우리와 같은 곳에 놓인 이들의 미움은 줄어들 테니까.

여전히 우리 사이엔 오해가 있을지도 모른다. 그러나 내 글을 사이에 두고 이해 혹은 미움 사이에 놓인 당신이, 나와 같은 이의 앞에 마주 앉아서 진심으로 대화할 수 있다면, 그때도 당신은 그를 미워할 수 있을까. 나와 비슷하게 살아갈, 혹은 나의 파편 같은 이들을 미워하지 않을 수 있다면, 그들이 조금 더 당당하게 살아갈 수 있다면, 더 나아가 서로 공감한다면, 충분히 내 몫을 해낸 것은 아닐까. 이 책은 그런 나의 마음이다.

나는 반드시 '살아야지'라고 말하진 않을 것이다.
다만 눈을 맞춘다면 살며시 웃어 보일 것이다.
함께 미움을 덜어나갈, 고마운 당신을 위해.

번개탄에 고기를 구워 먹었다

초판 1쇄 발행 2021년 10월 25일

지은이 | 이수연
일러스트 | JUNO

펴낸이 | 박현주
편집 | 김정화
디자인 | 정보라
마케팅 | 유인철
인쇄 | 도담프린팅

펴낸 곳 | (주)아이씨티컴퍼니
출판 등록 | 제2021-000065호
주소 | 경기도 성남시 수정구 고등로3 현대지식산업센터 830호
전화 | 070-7623-7022
팩스 | 02-6280-7024
이메일 | book@soulhouse.co.kr
ISBN | 979-11-88915-49-1 03810